# três traidores e uns outros

CB033921

MARCELO BACKES

# três traidores e uns outros

EDITORA RECORD
RIO DE JANEIRO • SÃO PAULO
2010

CIP-BRASIL. CATALOGAÇÃO-NA-FONTE
SINDICATO NACIONAL DOS EDITORES DE LIVROS, RJ

Backes, Marcelo
B122t Três traidores e uns outros / Marcelo Backes. – Rio de Janeiro: Record, 2010.

ISBN 978-85-01-08848-2

1. Romance brasileiro. I. Título.

10-3197 CDD: 869.93
CDU: 821.134.3(81)-3

Copyright © Marcelo Backes, 2010

Capa: Elmo Rosa

Imagens de capa e quarta capa: Étienne-Jules Marey. *Courants de fumée*, 1901.

Foto do autor: Malena Bystrowicz.

Texto revisado segundo o novo Acordo Ortográfico da Língua Portuguesa

Direitos exclusivos desta edição reservados pela
EDITORA RECORD LTDA.
Rua Argentina 171 – 20921-380 Rio de Janeiro, RJ – Tel.: 2585-2000

Impresso no Brasil

ISBN 978-85-01-08848-2

Seja um leitor preferencial Record.
Cadastre-se e receba informações sobre
nossos lançamentos e nossas promoções.

Atendimento e venda direta ao leitor:
mdireto@record.com.br ou (21) 2585-2002

A *Nina*
com todo o amor
do quarto, do quinto,
do mesmo traidor.

*um homem*
*com uma dor*
*é muito mais elegante...*

*não me toquem nessa dor,*
*ela é tudo que me sobra;*
*sofrer,*
*vai ser minha última obra...*

(paulo leminski, mas na tradução de tom zé)

*in the wine of my heart there's a stone*
*in a well made of bone...*

(tom waits, na "barcarola" intraduzível)

# SUMÁRIO

# O ENFORCADO

## 1

Ouvi o tiro e fiquei deitado. Nem me mexi. Se arranjei alento pra calçar as alpercatas e chegar à porta mancando, foi apenas no intuito de calar as palmas insistentes que vieram depois, botando um fim em qualquer possibilidade de eu voltar ao sono. Ora bolas, as surpresas daquele interior distante nunca valeram a pena, só sabem mesmo é incomodar a gente. Não servem nem pra dar alguma procedência ao feito de arrancar um cansado da vida como eu do marasmo inerte de sua cama, com o sol a pino de um verão daqueles.

Dessa vez o Toz se enforcou de verdade!

O Lautério me avisou, botou o revólver na cinta, e já foi ligando a moto de novo pra chamar o resto da vizinhança, a fim de procurarem o infeliz. E eu com isso, pensei, no aborrecimento de um bocejo, ajeitando os óculos e tentando afastar os morcegos que voejavam à minha frente pra adaptar as pupilas ao castigo do baita solaço. Engraçado, gosto cada vez mais do escuro, até quando vou tomar banho já não ligo mais a luz. Dose pra leão aquela claridade injuriosa depois do lusco-fusco fleumático do meu quarto.

Eu não ouvira a moto, tá certo, mas as palmas teriam bastado. Ou então batesse na porta! Mania de ficar sempre de longe, avisando e esperando. E precisava ir logo dando um tiro? Sempre um escarcéu medonho por qualquer besteira.

Os cachorros nem latiram, sabedores, por certo, de que não era nada.

Se pelo menos fosse pra anunciar o achamento do morto...

## 2

Ainda atordoado depois da sesta comprida que dividia em dois os meus dias de folgança, não quis dar trela às acusações de esquisitice que me faziam, voltei pra dentro, botei as luvas e fui direto pro galpão da vítima, ali perto, a ver se encontrava a corda de embrochar os bois.

Só vi a canga, solitária, em cima da carroça coberta de palha. Um bando de rolinhas levantou voo, assustado, e os bois que pastavam perto não me falaram nada. As angolistas, se é que disseram algo com o descabido do alvoroço, não se fizeram entender.

Será que o Toz tinha mesmo se enforcado?

Aos cinquenta e poucos, eu ainda fazia força pra enxergar uma nesga de mundo ao redor do meu próprio umbigo, pra me ocupar um pouco que fosse com os outros, e até tinha a impressão de estar sentindo o bafejo de alguma preocupação pelo destino do coitado, pobre coitado. Será que eu estava amolecendo de novo por causa da volta à querência interior, onde tornei a beber água da vertente depois de um mundo tão cosmopolita?

Finquei minha bandeira em tantos chãos, palmilhei tantos mares, gozei tantos ares. Nas frias terras alemãs, onde fiquei tanto tempo, fiz meu Uruguai desaguar num lago etéreo dos Bálcãs...

Todos os fogos, o fogo...

Pororoca. Alma em polvorosa. Voçoroca.

Não pode ser...

Nunca pensei que um dia fosse voltar. Mas são assim, as coisas. Neste mundo não se sabe o que nos espera logo ali, depois da esquina. A lei do imprevisto e do acaso sempre foi a mais imperiosa, lá fora e aqui dentro. O plano é só uma maneira de fracassar com mais voluntarismo, e o bom propósito é apenas a véspera do mau exemplo. Com a idade, a gente aprende, pensa que aprende, e a velhice não deixa de ser uma muleta mais ou menos eficaz para a virtude.

Mas no interior a vida, bem ou mal, andava no macio de um cotidiano sem novidades nem arrepios. Só não cortei de todo os vínculos com o mundo lá longe porque de quando em vez ainda faço alguma coisa esdrúxula como corrigir as provas de tradução do curso de Direito Internacional da Universidade de Reiquiavique via internet. Tudo devido ao descalabro espacial e temporal em que este mundo virtualizado se encontra e a umas antigas e sólidas relações que ainda dão um suspiro aqui e ali.

Imaginem a distância vencida em alguns segundos...

Mas a escassez de variáveis reais na roça e seu universo bem mais finito diminuíam as chances do incidental, e acho que tudo isso me ajudava um pouco a vislumbrar aquilo que acontecia à minha volta, desocupado de mim mesmo um tiquinho ao menos, por assim dizer.

E lembrando, lembrando, lembrando.

Sempre lembrando. Desde o momento em que voltei a meu pago esconso e senti aquele corcovear inesperado no peito, que mais uma vez consegui laçar na garganta, fechando o nó, em seguida, pensando que assim resolvia as coisas.

Quanto tempo, meu Deus, quanto tempo pensei que o melhor remédio pra mim era calar o bico, engolir em seco o que tinha a dizer?

E agora?

Lembrar e contar por acaso estava ajudando?

Razão mesmo tinha aquele estilhaço na minha alma. Sim, o negro, negro, negro sangue, do meu matadouro interior, é a tinta que o papel lambe, pra amainar em vão, também em vão, minha dor.

Esquisito ver como o passado se transforma num momento do presente quando as boleadeiras da memória rodam, rodam, rodam...

...

pra enfim ser lançadas...

...

e o vivido é recordado, quando a experiência vira narração, anos depois. A história passou, mas acaba retornando num mundo novo, num homem que se não é novo é mais maduro, ou mais velho, pelo menos, e diz presente.

Tudo passa, na realidade, por isso, quando a gente conta, tudo volta e vira agora, tudo acaba sendo sempre agora...

## 3

A história do Toz tem lá seu apelo simbólico, seu caráter exemplar, sua feição arquetípica.

Triste, a história do Toz.

Que aliás ninguém mais sabia que um dia se chamara Protásio, na pia batismal. A aférese germanizada do nome português pegou como cadilho em rabo de matungo. Com aquela idade e ainda solteirão numa terra em que os normais se casavam aos vinte. Como aliás até eu, sim, até eu fizera, no fracasso do meu primeiro casamento, antes de buscar os ares da distância.

O Toz!

Se nas bravatas da juventude a gente precisa muito do espelho pra entender o que vai lá longe, nos dentros da nossa própria pessoa, não deixamos de usá-lo nem mesmo quando a velhice bate à porta já meio chaveada da nossa existência. A diferença talvez resida apenas no fato de o tal do espelho se tornar mais amplo e muito, mas muito mais desfocado.

A recordação...

O momento ido vira letra lembrada e a moldura acaba sendo sempre a das circunstâncias atuais. Até os coadjuvantes narrativos que cercam os protagonistas de outrora passam a ser outros.

Os arredores são meramente o papel de embrulho novinho de um regalo antigo.

O espaço é diferente, longínquo, o tempo é o mesmo, presente.

Só o cerne da experiência, aquilo que doeu de verdade, foi, é e continuará sendo igual, sempre igual. O que verdadeiramente importa, no fundo, é apenas o momento que um outro chamou de epifania, certa vez, e que a gente revive na lembrança como se estivesse acontecendo agora, pouco importando a idade que se tinha no passado dos fatos.

## 4

Mas e o Toz?

O pior de tudo era a comunidade inteira se achando no direito de dar opinião pra tentar desencalhar o homem, especulando candidatas em qualquer canto onde um rabo de saia sem dono ameaçava ir mostrando as fuças.

A Tila, que era Bertila, parecia ser a candidata mais à mão. E o Toz, miolo mole e atormentado com a solteirice, decidiu que, havendo a Tila, tinha de ser a Tila. Até já convidara meio mundo pro casamento, discutira os particulares da missa com o padre e engordara um boizinho pra carnear pra festa. Só a noiva é que não sabia de nada. Pobre da Tila. Não lhe restou outra coisa a não ser dar um fim no caso fugindo pra Novo Hamburgo e seguindo o caminho das cinco primas do Toz e de mais da metade dos moradores de Linha Anharetã, que engordavam o exército de reserva das fábricas de calçado sempre em crise por causa do câmbio flutuante.

Mas será que não era melhor, na cidade do que nessas linhas do interior, uma estrada e nada mais praticamente, um bolicho, a escolinha e um posto de saúde nas comunidades mais fortes, que abria uma vez por mês pra vacinar contra o tétano, ensinar a fazer soro caseiro e dizer à colonada que não é bom usar creolina em ferida de ser humano?

Não!

Não existe melhor nem pior...

Nessa vida tudo é sempre mais ou menos, e o mundo só tem jeito se conseguirmos rir da cara dele. Como não, se a chantagem dos outros ousa matar o que é mais genuíno dentro da gente? Se até quando mais amamos somos traídos? Se inclusive nos momentos de maior tormento, em que choramos de verdade, o mundo não titubeia em passar seu trator por cima de nós?

Com o tempo a gente aprende e endurece até por dentro, depois de constatar que uma casca dura, somente, não basta, depois de ver como dói amolecer aqui e ali.

Questão de sobrevivência.

Embora eu tenha lá minhas dúvidas se o sofrimento, a referida dor, diminui de verdade por causa disso... Não é o que eu sinto, apesar de estar me encolhendo cada vez mais!

No fundo acho que já nascemos pra sofrer ou pra ser felizes, e pouco adianta fechar os poros ao assédio do mundo buscando alguma garantia.

Conforme o caso, também devemos ter nascido maus, portanto, e apenas conseguimos esconder a barbárie debaixo de algumas camadas civilizatórias quando a conveniência social se mostra mais lucrativa do que a sanha inata.

Calor de verdade, só no estábulo.

Ternos mesmo, só os bichos...

## 5

Mas e fora a Tila, quem havia?

As primas, quanto mais parente mais quente, conforme se dizia, também estavam longe. Eram carta fora do baralho, pois. A Mirtes lamentavelmente já passara da idade em que as mulheres ainda são mulheres, refugiada no altar de sua própria virgindade. Os gaiatos diziam até que os confins de sua intimidade eram cobertos de teia de aranha, por falta de uso. E a Cledir, que sobrava, era ainda mais pobre, ainda mais feia e ainda mais boba do que o Toz. Mau negócio, no caso. Nem pra parideira ela dava, tanto lhe faltava o tutano.

Até eu cheguei a campear nas redondezas em busca de uma casadoira pro Toz, e nada.

O interior!

O que menos sobrou na pequena propriedade rural da região missioneira foram mulheres. Todas deram um jeito de se mandar. Uma bem sortuda virou modelo internacional. Outras tentaram, acabando por se contentar com a parte menos glamorosa da profissão quando esta fracassa, ali pelos recantos da Farrapos, em Porto Alegre. As trigêmeas tesudas, Talva, Tulce e Tirce, posaram nuas naquela revista famosa, forrando o poncho, e depois se casaram em cidades próximas, com maridos mais abastados, vereadores da própria causa, que olhavam demais pro bolso pra se importar com a testa.

Mas o destino mais comum das mulheres do lugar era o salário garantido de alguma fábrica distante no final do mês, longe do sol a sol no cabo da enxada, e alimentando a perspectiva, pelo menos, de algum galã de rodoviária que as fizesse ver o que são estrelas na noite de uma cama. Porque em Anharetã o mundo tinha pouco, bem pouco a lhes oferecer nesse sentido. No reino animal, só os machos gozam. Em poucos segundos e sem carícias ou preliminares. Fora umas cheiradas aqui e ali, que os homens do lugar já nem davam mais.

Nem sei por que foi que voltei pra cá, se no terreno das mulheres não sobrou nem pra semente, no campo.

Aliás sei, e foi exatamente por isso. Mas assim como aquele viajante inglês que vivia numa intimidade perfeita com o filhote de tigre que caçou, criou e agora acariciava, eu sempre tinha uma espingarda engatilhada na mesa da sala. Calibre 12, dois canos, daquelas que hoje em dia são proibidas...

# 6

Sim, foi exatamente por isso!

Além dos velhos que por aqui morreriam, ficou só algum guri ingênuo e teimoso, decidido a tocar a chácara utópica dos pais adiante, insistindo em não permitir que o lugarejo fosse riscado do mapa. O Toz e eu éramos duas exceções. Mas já antecipei que pretendo ficar um pouco de lado, por mais que isso me custe, e quero porque quero tentar voltar o foco para os outros, no caso o Toz, até porque eu sou um caso à parte, e ademais não fiquei por aqui, apenas voltei depois das pendengas pelo mundo afora, misturando amores e livros no caldeirão da vida.

No ano passado, ainda por cima, o pai do Toz morrera vítima de raio, e muitos morriam de raio em Anharetã, deixando de herança o rancho em tapera, quatro hectares de terra, pura laje e cerro, logo ali, do outro lado da estrada, e umas dívidas no bolicho do Teodoro. Pobre do Toz, solito com a mãe velha e o destino ancestral, começou a fazer o que todos no lugar faziam: beber, beber pra esquecer, depois beber pra esquecer que bebeu, e em seguida beber de novo.

Quantas vezes o vi sentado no bolicho, empinando um martelinho atrás do outro, depois de receber os quinze reais da diária que eu lhe pagava pra capinar a roça onde eu plantaria os pés de azeitona que me deram desculpa prática e razão material pra viver na volta ao interior.

# 7

Mas não é que de repente, há questão de três meses, o Toz aparecera com uma namorada, broto no vigor dos dezesseis, toda citadina nos modos, e, por incrível que pareça, bonita?

Até eu estiquei meus olhos pra morenice da potranca, a matéria era escassa naqueles pagos. Mas depois desviei a vontade, decidido que estava a deixar quietos meus lobos álmicos depois da volta. Não, eu não queria mais enfrentar processos como o último, quando fui obrigado a ver uma mãe chorando acusadoramente em meio a um tribunal lotado pelo interesse da imprensa.

Eu tinha sido um tradutor famoso, escritor frustrado ainda por cima, chamado até de filósofo, e metido a ensaísta. Não foram poucas as vezes em que, mesmo há pouco, já depois dos cinquenta, desovei na grande imprensa algum texto provocador. A quantidade de urubus dispostos a se refestelar nas carnes magras do meu cadáver formava bando.

Me escapei porque a filha daquela mãe ainda jovem disse muito bem dito, e em juízo, que dissera sim. E aos catorze anos de hoje em dia uma mulher já sabe dizer sim, até mesmo pra um homem que podia ser seu avô. Sobretudo pra ele, penso. Por sorte não chegaram até a velha capital as notícias de um processo semelhante, promotoria contra Matias Nimrod, na Alemanha. Do contrário a coisa teria ficado mais preta pras minhas bandas.

Mas acossado também pelos parentes da menina, não consegui conviver com a perseguição cotidiana dos parasitas do microfone no Rio de Janeiro. E foi assim que decidi voltar ao rincão abandonado há tanto, a fim de isolar minhas ânsias no potreiro sem chances da colônia pobre das missões e construir minha torre de Babel por aqui mesmo, retornando ao dialeto reminiscente em que fui parido e confundindo o mundo bem longe de uma possível punição, tanto da parte de Deus quanto da justiça.

Da água feminina destes poços, ademais, eu já bebera à farta na juventude, e sendo assim era bem mais fácil dominar os instintos que ameaçavam me controlar mais uma vez. Incrível como a gente não muda, por mais que mude de lugar. O aqui dentro não muda nem um pouco só porque o lá fora muda.

Coisas de casca e semente, de substância e superfície.

Lá longe ou aqui perto, tudo continua igual, sempre igual, no fundo. E quando nos deslocamos ao passado na lembrança pra trazer suas horas decisivas ao presente é que isso fica ainda mais claro, mais claro do que nunca, e tudo parece estar acontecendo aqui e agora, mais uma vez.

## 8

Aqui e agora era o Toz.

Não é que a Doroti parecia loucamente apaixonada por ele? Ela até afagava as esculhambações que a natureza fizera no rosto do vivente antes do culto dominical, e mesmo durante, o que já era meio demais aos olhos do povo reunido pra reza, como a querer provar pra todo mundo que o amor que sentia era de verdade.

E nos bailes, então?

Não foi nem uma nem duas vezes que a vi arrastando o Toz até a pista de danças, enquanto ele forcejava pra conviver alguns minutos em harmonia com sua falta de jeito, esboçando um vanerão. A comunidade não sabia se ria gozando da cara dele ou se chorava de pena. Ou de emoção, já que ainda havia os que acreditavam no sentimento, apesar da dureza da vida.

Eu, eu mesmo não alcançava o mistério daquele chamego, e só não avancei de vereda na percanta porque senti o arame farpado da cerca que eu mesmo havia estendido à volta do meu cerne selvagem. Apesar de eu já estar empanturrado, ela sentia fome, e dava pra ver muito bem em seus olhos que seu farnel nunca estivera cheio de verdade.

Não era fácil se controlar diante de tanta adolescência brotando, mas tinha de ser assim, por menos que eu quisesse. Por mais que eu quisesse, quero dizer. Eu queria muito, mas eu também queria não querer, não queria querer, e não querendo querer ou querendo não querer, não queria, embora quisesse, e portanto já não soubesse mais o que queria.

# 9

Enamorado, o Toz parou de beber, começou a levantar cedo, com o sol, e quando as galinhas iam dormir ainda estava no batente, dando pasto pros bois que acabara de livrar do arado, pra vê-los dispostos e prontos a acompanhá-lo nos trabalhos do dia seguinte. A noite era apenas um intervalo necessário entre a labuta de dois dias. Ele até dizia que o melhor mesmo seria se ontem, hoje e amanhã se emendassem sem um escuro no meio...

Depois do arado, viria a máquina de plantar soja, mais tarde a foicinha da colheita, a trilhadeira, e os trocos felizes no bolicho do Teodoro. Eu fiquei sem peão na época do plantio e o Toz só descansava aos domingos, no colo da prenda. Até da bocha sagrada depois do culto ele conseguiu abrir mão pra ficar com a moça.

Depois de dois meses de namoro, o Toz, que jamais havia botado a língua no açúcar do mundo e, apesar de escaldado com a bancarrota da Tila, decidiu de novo que estava mais do que na hora de se casar.

Dessa vez perguntou primeiro, cheinho dos arreceios, e a Doroti disse sim.

Enfim! Os que souberam diziam, aliviados.

Foi aí que a mãe do Toz, a velha Arsênia, encrencou. Se desde o princípio, quando não sabia da missa um terço, já se mostrara avessa, emburrada, ela foi mais do que clara ao registrar a notícia. E deu sua resposta de um jeito bem anharetense, sem floreios nem permeios.

Não, o Toz não se casa! Enquanto eu tivé viva o Toz não se casa! E se ele se casá com essa negrinha emperiquitada, eu juro que me enforco.

— Churo que menforco — disse ela, em seu sotaque louro de alemoa.

Às vezes não entendo por que ainda me meto a traduzir, de vez em quando, se já desisti de arrancar a pele dos outros pra depois vesti-los em carne viva nos trajes típicos do Brasil, mui bem cortados, é verdade, sim, se já abandonei a profissão, decidido a me acostar no colo materno da primeira língua sem oferecer bengala pros outros.

Se bem que no fundo tudo é tradução, neste mundo...

## 10

Em Anharetã o suicídio era coisa banal, assunto cotidiano.

Não sei se por ter bebido o chimarrão do lugar desde a infância, mas eu mesmo considerei a possibilidade um punhado de vezes, aqui mesmo e no mundo, pra dar uma paulada definitiva nos já referidos lobos, mastins famintos, ou depois de algum grande azedume amoroso, por exemplo aos trinta e poucos, quando por um triz não resolvi me esborrachar nas calçadas famosas de Copacabana. Devem ter sido mesmo as heranças da pátria, que levei comigo pra bem longe, até o outro lado da grande sanga que separa os continentes, na Europa. Hoje em dia, felizmente, sei que nem matar resolve, que só morrer talvez ajude.

O suicídio!

Havia casos pra mais de metro no lugar, e era difícil passar ano sem um punhado de enterros pagãos. O assunto era tão comum que já havia revistas interessadas, tentativas de ficção e teorias de domínio público a respeito, divulgadas nos arredores, inclusive. Quando alguém ameaçava se matar, simplesmente ninguém mais dava bola. Conversa. Mas quando acusava o meio a ser usado, os vizinhos começavam a prestar atenção. E a corda era sempre o instrumento mais à mão, o mais barato, o mais discreto. Não fazia o alarde do tiro nem chamava a atenção do veneno pra rato comprado em quantia no bolicho do Teodoro. E não custava nada, o que era pra lá de importante numa terra resmelenga em que se perguntava o preço de tudo pra em seguida responder, no mais das vezes, que, sendo assim, era melhor sofrer.

Sim, bastava pegar a corda dos bois e achar um galho adequado, uma viga forte o suficiente.

## 11

E a corda não estava lá.

Quem vai capinar meu olival, quem vai cuidar dele quando as mudas de oliveira tiverem chegado, pegado e crescido? Depois de tanta banha de porco, umas dicas de saúde pública e um povo já interessado em troços como a tal da Herbalife e o queijo Savitas, um azeite de oliva faria sucesso na região.

Fora a exportação!

O Toz não poderia ter escolhido pior hora. Logo agora que eu abrira mão de traduzir e escrever, desistira de voltar à pintura que me animara tanto na adolescência, e decidira plantar o que é meu na realidade palpável da terra, viver do que nasce, cresce e ganha frutos de verdade, que podem ser tocados, colhidos à mão, armazenados, e não vigem na fantasia, como no caso dessas artes, sobretudo as da tradução, nas quais sempre se acaba ficando no meio do caminho, por assim dizer, dando seiva à fantasia alheia numa nova língua, pra depois nem se lembrar mais do que é nosso, do que é dos outros?

Eu agora queria o concreto...

E o Toz, tomara que os bichos o tenham deixado em paz, confesso que compreendo a luta da colonada contra o furor da natureza, a pressa da procura, há sempre um urubu solto por aí, que logo vira bando, e a tentativa de dar um enterro a preceito pro coitado, pois é, o Toz era bom no braço, mais ou menos como um boi forte e obediente. Quanto mais fraca a cabeça do camponês, tanto mais fortes têm de ser os músculos de seu boi, conforme disse um sábio autor alemão que um dia traduzi, lá no princípio da carreira, depois de ter vivido um bom tempo no Rio de Janeiro e me exercitado sem diploma na tradução simultânea para um empresário em visita ao Brasil. Imagina se o camponês tem lábia, é estudado como eu, e ainda conta com um boi forte como o Toz?

Dá pra reconstruir a idade do ouro na fertilidade daquela terra vermelha.

E o Toz era de confiança, além disso, apesar dos tragos, que agora ainda fizera o favor de largar, sim senhor.

Eu até já havia oferecido uma casinha pra ele morar com a Doroti, mas o Toz ultimamente estava tão animado que queria trabalhar numa roça que era sua, sua de verdade, fazer sua vida, cultivar seu próprio jardinzinho estúpido, eu pensei, sozinho com a prenda. E, de fato, ele já não precisava mais dos quinze reais urgentes da diária depois que parara de beber. O pronafinho era uma garantia e tanto, ele dizia, com a felicidade iluminando a bobeira desenhada de nascença em seu rosto.

## 12

Quando o Toz um dia tentou explicar mais estendidamente seu amor, a velha Arsênia bateu o pé e mostrou por A mais B, provou, por assim dizer, que não ia abrir mão do filho de jeito nenhum. Oh, as mulheres! Parece que não conseguimos mesmo romper jamais o cordão umbilical que nos liga a elas.

O que fez o Toz?

Desesperado, voltou a beber. Em pouco, já gastara na maldita o que ganhara adiantado no programa de financiamento para a agricultura familiar. Aí, pra continuar na canha, teve de voltar à vida dos bicos, providenciando em dinheiro rápido o que considerava suficiente pro trago, de tardinha. Eu o ajudei, e a terra já estava pronta para a chegada das mudas.

Quem vai se enforcá sô eu, o Toz esbravejava no bolicho, depois do terceiro martelo.

Eu dizia que ele largasse sua mãe e sua casa, pelo menos em termos. Não precisaria nem ficar muito longe do aconchego materno, simplesmente atravessar a estrada, não mais do que isso, se aceitasse minha proposta. Ele cuidaria das oliveiras, eu lhe pagaria vinte paus por dia, vinte e cinco dias, quinhentão por mês, no final das contas, uma nota e tanto, e ele poderia vir morar com a Doroti, a quem eu aliás ainda oferecia dez reais de diária por alguma ajuda doméstica, na casinha que eu estava pensando em construir nos fundos da casa-grande, bem perto da minha casa ancestral. Uma casa que aliás sempre foi minha, só minha, minha casa, e que eu só consegui recuperar a peso de ouro depois de tanto tempo.

Sabiam se aproveitar, os usurpadores, minha primeira mulher à testa. Como se não tivesse sido minha luta de marido que sustentou sua ociosidade de mulher. Não foi por menos que cheguei a pensar em matá-la, um dia. Ela usou um laranja pra adquirir minha parte depois da separação, e durante muito tempo fizera do lugar um hotel-fazenda, com balneário e tudo, Uruguai pertinho, antes de falir. Não valia mesmo um sabugo, a cadela, e eu aliás deveria evitar uma palavra como testa nesse contexto. A minha doeu, como doeu! Mas as mulheres são assim, e eu só confirmei o que se tornou uma espécie de postulado de humildade pra mim. Sim! Ao fim e ao cabo, eu sempre fui, neste mundo, aquele que menos me decepcionou. E não me venham com nhe-nhe-nhens e presidentes. Ah é, sou melancólico? Sou lido e vivido, e sei muito bem que só um monstro pode se permitir o luxo de ver as coisas como de fato são...

Conhecedores do meu interesse, da minha vontade resoluta de enterrar os ossos no lugar que me viu nascer, à sombra do plátano que sempre me deu sombra, minha primeira mulher e os usurpadores me obrigaram a meter bem fundo a mão num bolso que até estava mais ou menos cheio depois de uma vida circunspecta em termos financeiros. E, no lucro, ainda escaparam da falência, se livrando dum elefante branco que nem merecia mais a pelota de sua atenção. Botei um bocado de dinheiro na reforma, a fim de voltar a fazer da casa-grande o que ela era na minha infância e atar debaixo de um teto familiar as duas pontas de uma vida mal tironeada.

Mas eu já disse que o assunto agora é o Toz, às voltas com a sua primeira mulher, acho que a primeira mesmo, literalmente!

Sempre que eu voltava à proposta da casinha, e voltei umas duas ou três vezes, o Toz me olhava desconfiado e respondia que também não podia largar a mãe velha assim no mais, e que moraria com a Doroti na choupana dos pais, como se fazia e era certo. E, de volta ao lar, tentava mais uma vez convencer a mãe, que não queria nem saber da história e, depois de conseguir mergulhar o pobre no pranto, corria com afagos de toda ordem, dizendo que ia cuidar dele, que sempre cuidara muito bem dele, solita no mais.

## 13

Borracho, a Doroti não dava a mínima pro Toz, que se desesperava ainda mais, a ponto de os dedos de uma só mão não chegarem pra contar as vezes em que ele já havia pegado a corda pra resolver o problema da existência de modo bem anharetense.

Era assim a vida do Toz, agora. Balançava entre a corda e a cachaça.

E eu sabia muito bem o que aquilo significava, como eu sabia.

Quando a Doroti apareceu na casa do Toz pra tentar convencê-lo a aceitar minha proposta, a velha Arsênia a expulsou sem mais, gritando pra ela ir reinar no piquete de um touro vizinho, ou pra vir logo fazer seu azeite comigo, que era o que ela mais queria, segundo a velha.

O Toz, envaretado, disse que ia fugir com a Doroti, e a velha Arsênia garantiu mais uma vez que se enforcava. E se enforcava ali mesmo, se ele queria bem saber.

No berreiro armado, mãe e filho disputaram quem se enforcaria primeiro, enquanto a comunidade tentava botar panos quentes na balbúrdia dos dois.

Mas não houve jeito.

A coisa terminou com a mãe jurando que nunca mais olhava pra cara do Toz se ele não largasse a "cadelinha da cidade".

## 14

O caso se passara anteontem, e desde ontem pela manhã nada do Toz.

E o Lautério, chamada a vizinhança, tentava afogar no grito o berreiro já rouco da velha Arsênia, o que só fazia o cafarnaum aumentar.

Vamo gente, vamo gente, cada um por um lado, a corda de embrochar os bois não tá na carroça e se nós não se apurá os urubu e os cachorro não vão deixá nem as sobra pro cemitério. Na verdade, ele nem de longe falou tão bem. Disse "prochá os poi", também disse "caroça", "nóis" e "cachoro", mais "nom vom", "texá" e "xente", lá no início, e se eu trago a maior parte do sotaque pra mais perto do vernáculo é apenas porque também me importo um pouquinho com a compreensão, e sei que é bom mastigar as coisas antes de engolir.

É tão difícil a gente se entender neste mundo. Entender os outros, então...

Já anoitecia.

As vigas dos galpões da vizinhança foram todas vasculhadas. Nada e nada, e nada depois de nada. Eu enveredei por um atalho, alumiando árvore por árvore com o foque de caçar lebrão, à procura, espantando os pássaros que buscavam abrigo pra durante a noite. Pensam que dormir é fácil, coisa que se pode fazer assim no mais? Nem pensar!

Nossa vida é mesmo campear no mundo à procura dos mortos.

Vou ter de encontrar alguém pra cuidar do olival, o azeite Nimrod não vai fracassar por causa de uma frioleira qualquer como a falta de mão de obra. Peão é o que não falta por aqui, e meus quinze reais são como torresmo em focinho de rato, por assim dizer. Nenhum dos candidatos é casado com uma da categoria da Doroti, mas neste mundo não se pode ter tudo.

Pena, pena mesmo.

As coisas estavam tão bem arranjadas, e a Doroti desde logo me olhara com uma curiosidade que eu sei muito bem que nada tinha de inocente, quando encaminhei a já referida proposta aos dois pela primeira vez. Era a tal da fome, que eu percebera desde o princípio, se manifestando com força. O Toz não era capaz de matá-la, por certo. Aliás, conforme já insinuei, suspeito até que o pobre era outro que cultivava sua virgindade com um afinco dos mais católicos, pra perdê-la só depois do casamento. Daí é que devia vir toda aquela fixação pela mãe, aquele grude nas tetas ancestrais, aquele cordão umbilical aparentemente intacto. A primeira mulher, a mulher, matava a ideia das outras mulheres já na raiz da família, apesar de a comunidade exigir, sem se dar conta de teorias nem de princípios, é verdade, a conveniência de uma união fora da limitação desse circuito, a formação de um novo núcleo familiar.

Eu, que perdi minha mãe bem cedo, é que sei o que isso de mãe significa.

Nunca voltei a encontrá-la, e procurei muito, revirei sem o menor pudor, estribeiras soltas, num terreno que ia dos oito aos oitenta, praticamente. Mas o que me restava fazer, no caso? Mesmo um enfastiado como eu não resiste à vontade de dar comidinha na boca de uma esganada como aquela. É o que aliás costuma suceder quando as coisas se arranjam desse jeito. É só um tapinha do destino, e já de cara pensamos constatar que somos mais infelizes na virtude do que na fraqueza, e a alegria momentânea logo fornece desembaraço mais do que suficiente pra levar a sacanagem adiante. A gente até foge por algum tempo, porque a vontade em luta contra a vontade das vontades se mostra forte. Mas há um momento em que não dá mais, e o sujeito pensa que está fazendo um favor, praticando altruísmo, mata o sentimento à míngua mais uma vez, e começa a brincar de cobra e passarinho com a outra, na segurança de uma jaula familiar.

E como é bom!

Depois do almoço daquele mesmo dia em que lhes encaminhei a proposta pela primeira vez, a Doroti ainda fez questão de mostrar seus préstimos na cozinha, lavando a louça e arrumando a casa, minha casa, toda prendada, se abaixando mais do que devia aqui e passando bem mais perto de mim do que seria recomendável ali. Cheguei a encostá-la na parede, em dado momento, mas quando vi que iria esmagá-la no descontrole das minhas forças, ainda consegui fugir de mim mesmo, e me limitei a desfrutar suas pupilas dilatadas, suas narinas resfolegantes, dizendo que ela se cuidasse, porque acabaria se queimando feio ao brincar com um fogo daqueles. Às vezes, também, o maior gozo está em dizer não...

Logo fui à sesta e acordei com a Doroti acariciando, curiosa, o aleijão do meu pé. E eu, que escondia aquilo de todo mundo, e, além de não dispensar as luvas, nunca saía de casa sem calçado... Ora, ora, será que ela não ia mesmo sossegar o pito? Lidando com meu gado, mandei a cabrita tirar a roupa, sentar ao pé da cama e, ainda deitado, comecei a bolinar sua umidade com a matemática precisa do meu dedão inferior direito. Em pouco, ela já se agarrava à minha perna querendo engolir o pé inteiro com seu baixo-ventre, a louca! Mesmo apertada, só parou, sem ar e gritando de dor e prazer, quando os três cotos que me sobraram e mais um bom pedaço do pé estavam dentro dela. No final, restou a sensação de que não fiz nada, de que apenas a deixei se aproveitar da dureza da minha pata, a gulosa. Constatando, com algum fel na garganta, que mais uma vez me sobrou nos dedos o que sempre me faltou no coração.

Era mesmo uma pena. Ou a solução! De qualquer modo, eu não podia nem me aproveitar do fato dado e acabado de que a Doroti agora ficaria sozinha. Dava demais na vista, e o pessoal já desconfiava da minha volta depois de tantos casamentos arruinados, também pelo eco de alguma notícia com cara de boato, vinda de longe. Casado tantas vezes e agora sozinho, separado, num lugar em que se escolhia alguém e se vivia com ele pra sempre, aconteça o que acontecer? Eu sabia o quanto podia ser perigosa a voz de uma cidade magoada...

Quando me pediram pra ligar à procura da Doroti, eu perguntei se ninguém tinha celular ali, e ao ver as cabeças balançando, atrasadas, retrasadas, esquecidas pela evolução, tive de correr pra dentro de casa em busca do fixo, a fim de eliminar a última possibilidade e ver se o Toz não se mandara pro apartamento dela, na cidadezinha ali perto, sede do município, onde ela morava com os pais.

Ao atender, a piguancha derramou meio quilo de um mel cheio de mistério dizendo não, por quê?

## 15

Noite mesmo, já escuro, duas horas de procura mais tarde, o Ataídes berrou, do alto do cerro do Gervásio, onde uns urubus haviam se manifestado voando baixo fazia algum tempo, depois de dar um tiro de espingarda pro ar.

Tá aqui o Toz, tá aqui o Toz!

O desespero foi geral, e eu me lembrei de cara dos abacateiros plantados no lugar. Havia sido lá, pois, que o Toz se enforcara. A velha Arsênia berrou até entrar em parafuso, e desmaiou, por fim. Enquanto algumas mulheres a socorriam, os homens correram até o cerro e já encontraram o Ataídes debruçado sobre o Toz, camisa arremangada, foque de caçar lebrão ligado, batendo nas faces barbadas do morto, e gritando:

Toz, vamo, Toz!

Estranhamente não estava roxo, o Toz. Nem de língua de fora como todo o resto dos enforcados que eu tinha visto em Anharetã. Não, um enforcado não faz um cadáver atraente, mas o gozo era garantido, segundo se dizia. Será que a corda nos ata de novo pelo umbigo, nos leva de volta ao útero materno? O Toz parecia achar que não, e devia ter se decidido a morrer bonito...

Foi aí que o Ataídes esclareceu que já encontrara o Toz debaixo do abacateiro, mamado até a alma, o litro vazio de cachaça Belinha a seu lado. As mulheres, embaixo, berraram em coro ao ver os homens descendo o cerro num cortejo macabro alumiado a foque, com o corpo estendido sobre os ombros dos mais fortes. Mas o corpo ainda era o Toz, e não estava morto, conforme constatei pela pulsação no pescoço, animando a rodinha que logo se decidiu a levá-lo pra baixo.

Depois de chegados, a velha Arsênia não lograva dar as caras, chorando aos berros na despensa. Quem se encarregou de limpar o Toz foi a Pedronila, deitando-o na cama em seguida, enquanto todos esperavam pra ver se ele não acordava. Desistiram depois de meia hora, acreditando nas minhas garantias de que ele estava bem. Fiquei apenas eu, de caminhoneta, pro caso de ser necessário levá-lo pro hospital. Coisa que se fazia, em último caso.

Quando o Toz percebeu que tudo ficara em silêncio, levantou a cabeça, passeou os olhos pelo quarto sem encontrar o que buscava, e indagou, quase gritando.

Mãe, por que tu não veio me procurá tamém?

Sim, é até de se duvidar, mas foi isso mesmo que ele gritou. No fundo nós somos todos um pouco retardados. Eu, pelo menos, sou, e admito. Não tenho, aliás, o menor prurido em confessá-lo. Sabe, aquelas plantas carnívoras? Se não me engano elas dão flores...

Quando perguntei ao Toz o que havia acontecido, ele olhou surpreso pra mim e voltou a desmaiar, sem dar mais um pio, enquanto a Doroti só agora entrava, esguia, se vindo pro meu lado com a corda nas mãos.

# OUTUBRO DOURADO

## 1

Me segurei na corda da cortina e chutei o telhado pra espantar os pombos que não paravam de fornicar na claraboia. Meio dormindo, ainda, acabei machucando meu pé mutilado. Barulheira doida, e eu só pegara no sono havia uma hora e pouco, acho. Não estávamos nem na primavera. Donde, pois, tanta euforia reprodutora? O jeito era levantar, descer, limpar o sangue e esquecer da cama, que fazer? Dormir de novo, sem chance.

O quarto que eu recebera dessa vez era maravilhoso, mas tinha aquele defeito. Dois andares, praticamente, porém no sótão, teto baixo e inclinado na parte de cima, uma claraboia exatamente sobre a cama. Depois de acordar uma semana inteira por causa da claridade e só então descobrir que uma espécie de cortina se escondia, enrolada, na parte superior da maldita entrada de luz, que podia, óbvio, ser fechada se puxada, agora eram os pombos que não me deixavam em paz.

Logo eu, que preciso de condições ideais, umas quinze ao todo, pra dormir bem.

Pra talvez dormir bem.

Pena, porque o quarto era maravilhoso. Uma *maisonette*, como era chamada no francês malpronunciado da Alemanha, e um verdadeiro luxo. Sete janelas, cama no alto, sobre uma espécie de pódio gigantesco bem no meio do quarto, enfeitado por uma balaustrada de madeira. Acho que o nome em português é mesmo o italiano mezanino, sim, um mezanino central dentro do próprio quarto. E um convite ao espetáculo, por assim dizer. Babélico, babilônico... Aliás, quando eu lembrava que Imre Kertész já ocupara o mesmo quarto, deitara na mesma cama, rolara, provavelmente, no mesmo colchão, o sono passava a ser uma coisa pra lá de húngara.

Também não era fácil subir as escadarias que levavam à cama, de madrugada, depois descer pra conseguir mijar no banheiro, que ficava na parte de baixo, aliás como toda *Naßzelle*, uma dessas palavras alemãs para as quais jamais se encontra uma tradução adequada, e que sempre acaba atiçando em mim a vontade de ser literal, escrevendo algo como "célula molhada" da casa. A *Naßzelle* é muito mais do que um banheiro, e se refere a todos os ambientes em que há encanamentos de água de uma moradia. Já perceberam que eles sempre ficam próximos? Questão de arquitetura e planejamento. No mais das vezes, a *Naßzelle* é composta de um cubículo com sanitário, mais um cubículo com pia e espelho, um cubículo com ducha, eventualmente até um cubículo com máquina de lavar roupa e assim por diante. Sim, muito mais do que um banheiro, portanto, fora a poesia austera do contexto que vai toda pro ralo.

E quanto mais eu bebia, mais eu precisava descer, mais a escada se tornava íngreme, mais altos e estreitos os degraus, mais inchados os pés. Maior a vertigem. Sem contar que a falta de dois dedos no meu pé direito se fazia sentir como nunca na falta de equilíbrio. Que vontade de mijar na cama! De esquentar minhas noites solitárias na própria urina.

Mas eu tinha uma fama a zelar, e a Academia Europeia dos Tradutores, em Straelen, me considerava um dos mais dignos representantes da tradução brasileira.

Com razão. Digo isso sem nenhum escrúpulo.

Daí, talvez, aquele quarto tão bom.

Foi só aquela sueca famosa, uma entre os apenas cinco artistas de seu país com pensão vitalícia do governo, se dirigir a mim do cimo de uma das tendas que vestia, sim, porque ela usava tendas, lonas, aquilo não eram mais vestidos, pois é, foi só ela me ver descendo do alto das escadas e ceder à ingenuidade pra indagar, admirada, então é o senhor que está no quarto do príncipe?, que eu garganteei à vontade, apesar do pouco interesse direto que tinha no assunto, respondendo, estou sim e mereço estar.

Até a sueca, que fazia tempo já passara da idade em que ainda se pode rir sem parecer bobo alegre, esboçou um sorriso, bem de leve.

# 2

Pois é, Straelen.

Straelen é uma cidadezinha minúscula, mencionada pela primeira vez já no ano de 1063, mas nem os alemães a conhecem direito. Tanto que pronunciam seu nome erradamente, na maior parte das vezes. Straelen é afamada mesmo por abrigar a Academia Europeia de Tradutores. Continua uma aldeia, pouco mais do que isso, ainda hoje. Mas te atrevas a chamar Straelen de *Dorf* diante de um de seus habitantes pra ver como ele solta os cachorros. É uma ofensa e tanto. Salve a ironia, porém. Quando a União Europeia resolveu fazer um concurso pra ver qual era a mais bela aldeia da Europa, Straelen concorreu. E Straelen ganhou. Logo, jamais te atrevas a dizer que Straelen é uma aldeia, ainda que tenha sido eleita a mais bela aldeia da Europa.

É assim, o mundo. A vitória é sempre boa, mesmo em critérios que dizemos não respeitar. Mas só a derrota é grandiosa, asseguro. Os cristãos-democratas da direita costumam eleger o prefeito de Straelen com oitenta por cento dos votos. Se eu visitava Straelen, contudo, não era exatamente por sua beleza, muito menos por causa do prefeito, ainda que a cidade fosse bela, por certo. O prefeito não era, e se fosse...

Minhas razões estavam na referida Academia Europeia de Tradutores. Que fauna multifacetada, que flora interessante, que lugar aconchegante! O símbolo maior da cidade, aliás, é um sofá verde e gigantesco, esculpido numa dessas árvores ornamentais.

E o trabalho na Academia, então?

Se eu sempre gostei de trabalhar, depois de algum ócio desorientado na juventude, quando se tem tanta energia e não se sabe direito onde usá-la, e se sempre trabalhei muito, nunca gostei e nunca trabalhei tanto quanto em Straelen. Vinte páginas de tradução por dia eram um desiderato mais do que palpável. Sabe, quando precisas apenas tomar assento no mundo e tudo começa a andar por si a tua volta?

No sofá de Straelen era exatamente assim. Bem o contrário do que acontece no Brasil, onde tens de procurar, depois disputar uma cadeira, afastar intrusos, arranjar médicos e remédios, botar seguranças, trocar as marchas, buzinar a torto e a direito, e ainda assim não consegues avançar um centímetro.

E dessa vez minha visita era especial.

Vinte e um tradutores de vinte países do mundo inteiro reunidos pra discutir a tradução do best seller mais recente produzido pela alta literatura tedesca. Também isso é diferente na Alemanha. A qualidade é bem mais diretamente proporcional à quantidade nas listas de mais vendidos.

E não apenas nelas.

Eia!

# 3

A autora chegou cercada de jornalistas, sorrisos e *flashes*. Bela como sempre, soberana como eu jamais a vira. E nós, os tradutores, mais o pessoal da Academia, fizemos pelourinho pra ela passar. Não posso dizer que os olhos dela se demoraram uma fração de segundo a mais em mim do que nos outros. Não posso mesmo! Democrática, ela dividiu o ar de sua graça em parcelas iguais entre os presentes, e seguiu adiante pisando em nuvens, enquanto eu rastejava na poeira de seus rastros. Eu não esperava que ela piscasse pra mim, exatamente, mas achava que talvez pudesse colher algum sinal, um gesto a mais, um olhar parado no instante.

E nada.

Nadica de nada!

Também, tantos anos.

Tantos anos!

O jantar de apresentação aconteceria em apenas três horas e eu, aborrecido, resolvi desprezar o negror da minha bílis e explorar o ar livre do terreno da aldeia, lá fora, que eu já conhecia tão bem. No cemitério, me aliviei um bom tanto ao passear mais uma vez pela maior concentração de mármore nobre por metro quadrado que eu já vira na vida. Sentimento encontrando ambiente.

Lajes grandes e grossas, que pareciam dispostas a garantir que nenhum morto jamais saísse dali, e faziam duvidar definitivamente da promessa católica da ressurreição. Eu sempre acreditei na perversidade da matéria, e a concretude de tanta pedra dura talvez fosse capaz de impedir o vazamento inclusive de algo abstrato e fugaz como aquilo a que chamam alma.

Fantasmas...

## 4

Oito anos e o mundo mudou tanto!

Lá fora e aqui dentro...

Na época, Latica Mikalović, só um pouquinho, me dói demais pensar que a beleza do nome da autora se desintegre na escassez dos conhecimentos balcânicos de algum leitor, por isso traduzo o nome à normalidade do nosso alfabeto avisando que se lê Látitsa Micálovitch, pois é, na época Latica Mikalović ainda capengava tentando terminar a faculdade.

Por que foi que ela se interessou pelo curso de Teoria da Tradução que eu dava na Universidade de Freiburg, eu jamais soube. Mas vi que a moça tinha talento desde logo, na primeira experiência prática. Um fenômeno, a maneira como ela tornava poéticos os textos mais duros, fazendo que tudo que passava pelo moedor espiritual de seu talento virasse ela, e em alto nível, fosse Machado, fosse Euclides, fosse Rosa.

Vi que ela jamais seria tradutora, no entanto, e resolvi lhe dizer que se dedicasse à escrita, que desistisse de aprender português, que investisse mais no alemão, no qual registrava as metáforas brasileiras dos textos originais usando imagens típicas de uma Bósnia que deixara já na infância. Ela ainda insistiu, dizendo que gostava tanto do português, que o português era a língua mais bonita do mundo para o gosto de seu ouvido, que não se cansava de beber o som das minhas palavras em todas as aulas. Eu lhe perguntei se ela acreditava que alguém pode dizer que comeu salada na quinta, depois de se alimentar de alface na segunda, de tomates na terça, de azeite e sal na quarta-feira.

Ela sorriu, simplesmente, disse que três universos talvez fossem mesmo demais, e quando me apresentou o primeiro texto de sua lavra, cinco dias depois, eu, que já intuía o talento, passei a ter certeza de que ela precisaria apenas de uma oportunidade.

Sim, Latica tinha o que contar, pátria estilhaçada, família esfacelada, vida destroçada. E sabia fazê-lo. E com tanto lirismo. Trazia as sensações mais balcânicas ao alemão que já dominava magistralmente sem procurar equivalências, traduzindo seus sentimentos em outra língua conforme vinham ao mundo, por assim dizer, e alcançando efeitos fabulosos pela própria estranheza que suas construções invocavam.

E a oportunidade veio.

O primeiro livro ainda passou meio batido, ensaístico demais pra tocar o gosto narrativo da massa.

O sucesso veio com o segundo, *A mulher impenetrável*, embora eu ainda não saiba se vou ou não utilizar o mesmo título do original alemão na versão brasileira do romance, já que o adjetivo me parece mais carregado de seu viés sexual na língua de chegada do que na língua de partida. Acho que o fato de soar bem e supostamente atiçar a fantasia dos leitores levará a editora a aceitar a tradução literal. Também, contanto que não alisem no português o que soa liricamente estranho no texto alemão, o resto é história. Sim, porque esses revisores de merda sempre tentam simplificar o que a gente se esfalfou tanto pra deixar poeticamente parecido com as peculiaridades do original. E é sempre assim. Eles ainda não aprenderam que o tradutor deixou de ser, inclusive no Brasil, e se por vezes não deixou, deveria ter deixado de ser, um intérprete das expectativas do leitor. Que ele, muito antes de levar a obra ao leitor, deve trazer o leitor à obra.

Mesmo assim, os tais revisores continuam despedaçando frases longas e enchendo de pontos o que tem ritmo e continuidade no original, e não param jamais de nacionalizar expressões, aparar arestas, perverter impressões. Buscam nivelar os textos de tal maneira, alisando as singularidades, arrancando as peculiaridades estilísticas dos autores, que ao final das contas Thomas Mann se torna bem parecido com Thomas Brussig em português quando o revisor é o mesmo, apesar dos prenomes iguais e por mais absurdo que isso seja.

Mas comigo não!

Como se não bastasse a eterna questão da segunda pessoa do singular, o meu tu muito amado. Tomemos Arthur Schnitzler, por exemplo. Ele fala em tu, e em sua época praticamente no Brasil inteiro ainda primávamos pelo tu. É verdade que a tradução é de hoje, e que Schnitzler não é gaúcho, mas ele também não é paulista, e seus originais são escritos na segunda pessoa. O que fazer? Eu não quero deixar o tu morrer, até porque ele continua vivo, no caso erradamente vivo, nas formas pronominais e nos possessivos, mesmo quando os cariocas falam em você. Não quero deixá-lo morrer, porque ele é insubstituível. A terceira pessoa do singular é sempre tão distante, e muitas vezes indetermina o verbo de tal maneira que obriga o leitor a voltar ao contexto pra tentar adivinhar a quem o mesmo verbo está se referindo. Quer dizer, quando conjugada, a terceira pessoa muitas vezes se confunde com a primeira ou com terceiros envolvidos na narrativa, coisa que no original não acontece. Por exemplo: eu podia, você podia, ele podia, o cão podia, o salário podia, mas só tu podias... O tu sempre teve mais caráter, sempre foi mais claro e mais direto, agressivo até, quando é conveniente sê-lo.

Mas sei que mais uma vez vou ter de lutar por meu tu em *A mulher impenetrável*.

E perder, ao final das contas.

Não tenho a meu favor nem o argumento de se tratar de uma autora clássica, ainda que ela prime por um estilo um tanto arcaico, que por si só justificaria o uso do tu na tradução umas trocentas mil vezes.

A preocupação é grande, e a encrenca, garantida...

## 5

De volta à Academia depois do passeio, entrei direto na cozinha onde o povão estava reunido em volta dos doces que o turco trouxera de Ancara. Se todo mundo comeu bastante, o turco fez questão de deixar o prato limpinho, mostrando a importância que dava a sua dádiva e devorando até o último farelo de sua pátria longínqua.

Interessante ver como todo mundo fica ainda mais provinciano, mais patriótico, quando se mistura ao mundo dos outros mundos num mundo distante. A ameaça à identidade faz que nos agarremos a ela mais do que nunca, sabemos. Ainda assim, é preciso dizer, a Academia Europeia dos Tradutores devia ser o único lugar deste vasto universo onde se podia ver um croata e uma bósnia discutindo o papel da Sérvia e da Eslovênia nos Bálcãs, o único território em que um judeu e um palestino se reuniam todas as sextas-feiras à noite pra comer o lombinho de porco preparado por um libanês católico. Eu vi, e dou testemunho. Além da religião, no terreno laico do cosmopolitismo, o mundo funciona bem melhor.

Sem contar a privacidade. Ninguém dava bola para o que o outro estava fazendo, ninguém vigiava ninguém, ninguém exigia a apresentação de credenciais. O outro não existia quando não devia existir, simplesmente. No melhor dos sentidos. Aquele era um dos poucos lugares em que ninguém achava estranho o fato de eu sempre estar usando luvas, por exemplo. Pelo menos nunca fui questionado a respeito.

É mesmo incrível, a Academia.

Eu apenas entreouvia o que era dito no diálogo à mesa, concentrado na doçura meio amarga de umas lembranças. Logo alguém mencionou as planícies dos arredores, tão regulares que se podiam contar dúzias de lugarejos nas vizinhanças inclusive holandesas pelas torres de igreja marcando os céus do horizonte. As gargalhadas de todos quando o dinamarquês disse que aquilo não era nada, se gabando que a Montanha dos Céus, o ponto culminante da Dinamarca, tinha cento e vinte e sete metros de altura, me chamaram ao fio da meada. Ou me arrancaram dele.

Montanha dos Céus!

Foi o dinamarquês que falou, enquanto a islandesa não dizia nada e apenas concordava ao assentir de leve e dar seus sins quase mudos, puxando um pouco de ar entre os lábios. Povo de pescadores, fala pouco e se acostumou ao silêncio da contemplação pra não espantar os peixes...

A Escandinávia continuou quando a sueca se limitou a lançar um comentário que não logrei captar na minha distração, embora o som tenha sido suficiente pra me fazer pensar que só num lugar como Straelen se pode descobrir que o sueco é a única língua do mundo em que todas as sílabas são tônicas. Que os suecos, e sobretudo as suecas, falam aos pulinhos, melodicamente, por assim dizer.

Quando o polaco desastrado resolveu fazer um brinde em seu alemão capenga, homenageando todas as mulheres bonitas do mundo e também aquelas que estavam presentes à mesa, o ato falho do bocó me deu na telha que a coisa estava braba por ali, e resolvi buscar a razão da existência em algum lugar mais atraente.

Onde estava Latica, por exemplo?

Nem sinal dela...

# 6

Após uma ronda inútil pelos dois andares da casa principal, cruzando pelos bustos severos de Böll e Beckett, patronos da Academia, fiquei parado alguns instantes diante da estante de livros em que eram expostos exemplares especiais. Ali estavam os dois romances de Latica Mikalović, as obras de Heinrich Böll e Samuel Beckett em várias línguas. Peguei o exemplar brasileiro de *Esperando Godot* e constatei, surpreso, que havia sido doado pelo próprio autor à Academia, com dedicatória e tudo. Então quer dizer que Beckett tinha vínculos com o Brasil, e assim tão estreitos? A dedicatória era uma verdadeira confissão. Só a história daquele livro valeria mais uma história.

Depois de me perder olhando para a fotografia à orelha de *A mulher impenetrável*, resolvi sair de novo e me sentei num café das proximidades, especulando com a chegada de alguma nativa no espelho tinto de uma taça de vinho. Eu sabia que a possibilidade era real, mas só a birra e o aborrecimento me levavam a brincar com ela. Essas ninfetas do interior alemão, que pra ficar com cara de berlinenses fazem gato e sapato na província! Quando eu dizia que era brasileiro, elas logo fantasiavam um mundo de exotismo e selva na minha loirice descendente.

Desviei os olhos para o jornal ao meu lado, que não perdoava a autobiografia de Oliver Kahn. Entre outras coisas, o titã das goleiras germânicas se gabava de ter encontrado e cumprimentado o grande escritor argentino Paulo Coelho em Paris. Gostaram dessa, hermanos?

Engraçado, ainda no dia anterior eu conversara com Denis Scheck, que estava na Academia para a reunião de júri do mais importante prêmio da tradução na Alemanha, louvando-o por ter dado ao escritor argentino, viva, sua verdadeira medida. Crítico alemão mais conhecido da atualidade depois que Marcel Reich-Ranicki resolveu fechar seu bico, Denis Scheck tem um programa televisivo de grande audiência, em que costuma avaliar a lista dos mais vendidos com um olhar pra lá de severo e jogar no lixo os livros que considera ruins, os livros que são de fato ruins, já que o crítico em questão tem régua, compasso e sabe medir as coisas, faço questão de dizer.

Ao comentar o último acinte de Paulo Coelho, em sétimo lugar na lista da *Spiegel*, o sr. Scheck disse que como o livro era muito ruim não se limitaria a jogar um exemplar no lixo, mas jogaria, sim, uma pilha inteira. Quando lhe lembrei o fato, dizendo que na França até elogiavam o escritor argentino, e que ele fizera muito bem em aplicar um remédio extremo ao mal extremo do qual estava tratando, o sr. Scheck disse que já fizera bem pior, que chegara a empalar Paulo Coelho em outro programa. Disse que levara *O diário de um mago* ao jardim da emissora, encostara o exemplar a uma árvore mais frondosa e cravara uma estaca de madeira bem no coração do livro coberto de alhos e rosários, tudo filmado e transmitido à risca. Ele disse ainda que o escritor argentino ficara sabendo do episódio e enviara uma carta de protesto, à qual ele jamais se dignara responder, por sinal.

O buraco da crítica é mesmo mais embaixo na Alemanha.

Quando terminei a taça voltei pra Academia sem gozar nem mesmo a visão de uma dessas meninas de cabelo violeta que costumavam passar por ali, pena, e ao chegar encontrei todo mundo preocupado em montar uma cama adequada para a pançuda mulher do polaco. Da última vez, ela se queixara da maciez demasiada das camas, dizendo com sua cara de sopa que tivera de dormir sobre três cadeiras enfileiradas. Como coube em cima delas, eu não sei, não quero saber e tenho raiva de quem sabe.

Aquilo não era problema meu, definitivamente.

## 7

Matei o tempo que ainda restava e, na hora marcada pro jantar, cuidei pra escolher uma cadeira que deixava as duas ao meu lado vagas, a fim de dar a Latica Mikalović uma chance maior de sentar perto de mim. Na verdade eu costumava agir assim, transferindo aos outros o dever da escolha e lavando minhas mãos no conforto de mais uma decisão que não precisava ser tomada. E essa é também uma maneira de garantir o sucesso, sempre. Encarar e ganhar as fáceis fazendo escarcéu, evitar as difíceis e depois ainda sair por aí dizendo que nunca perdeu.

Quando a escritora chegou, foi logo à outra mesa, bem distante, e eu continuei tentando entender o mundo, já disposto a me curvar às atenções que a bela albanesa me dedicava. Quem não tem cão desiste de ir ao mato. Ou caça com gato, em último caso. Mas cadê minha vontade de beber sangue?

As uvas baixas.

Eu vira desde o princípio que a albanesa se encantara com minha arrogância, com minha grosseria distanciada, que se limitava a breves comentários mordazes, lançados justamente nas horas em que pareciam menos adequados. Petulante, ela entabulara conversação me dizendo que a bandeira do Brasil lhe parecia um tanto superficial, quase infantil, primitiva, na combinação de tantos desenhos geométricos coloridos.

Eu olhei de soslaio pra ela e depois pro cartaz em que aparecíamos todos ao lado do símbolo maior de nossos países, e respondi que ela por certo estava relativamente isolada em sua opinião, que a bandeira do Brasil era reconhecida por sua beleza, e que a da Albânia também era bonita, sim, em seu vermelho vivo, embora a águia negra de cabeça dúplice me parecesse mais um caranguejo do manguezal do que a rainha alada das alturas. Quando o croata fez menção de tomar as dores da coitadinha, eu ainda disse que ele mesmo é que não podia falar nada, já que os quadrados vermelhos, azuis e brancos de sua bandeira, aliás onipresente, depois os sérvios é que são nacionalistas, lembravam a toalha de plástico de um bar de quinta.

A albanesa se mostrou tão ofendida que eu tive certeza. Pra ter sua companhia à noite agora seria necessário apenas me decidir a tanto. Sim, bastaria passar o bálsamo de um cumprimento depois da agressão, lhe explicando o que significava Tirana, a cidade de onde ela vinha, em português, e proclamar com um sorriso maroto o negror das dores que eu carregava em meu peito. Ela ainda era jovem, bem jovem...

Enquanto isso a grega, um pouco mais velha, olhava como Medeia para a massa, ainda que no teatro estivesse fazendo o papel de Antígona. A grega, ela era modelo, atriz e tradutora, não chegou a levar o garfo à boca uma única vez, contemplando a comida com o furor de uma inimiga mortal, pronta a estraçalhá-la. A beleza também era muita, ali, mas o abismo recomendava cautela, sobretudo havendo uma faca assim tão perto. Ademais, eu não nascera para o papel de caça, e ela era daquelas que atiravam em tudo que se mexia.

No meio de tantos perigos, não me restava nem mesmo eu!

Quando vi Latica se levantando pra ir ao bufê, me apressei sem fazer estardalhaço tentando ficar atrás dela na fila. Ela esboçou algum português, deixando estupefatos os que estavam próximos, enquanto o dinamarquês se atrevia a perguntar se nos conhecíamos. Sim, fugidiamente, ela respondeu, dos tempos em Freiburg.

Fugidiamente?

É verdade que ela nem se inscrevera oficialmente no meu seminário, que só viera a quatro aulas, antes de eu lhe perguntar se ela achava que valia de fato a pena continuar encantada com a minha língua brasileira. Mas e fora das aulas, depois, quando ela passava em meu escritório pra mostrar seus textos?

Quantas vezes almoçamos juntos no restaurante universitário? Latica até esqueceu uma escova de dentes na gaveta da minha escrivaninha, que eu continuei usando, na tentativa de matar as saudades ficando perto da intimidade que ela deixou, depois que partiu...

Fugidiamente?

Perfunctórias, as palavras que trocamos. Tudo bem? Sim. Quanto tempo. É mesmo. Foste bem de viagem? Sim, e tu? Também. E logo o bufê chegou ao fim e eu voltei pra minha mesa, ela pra dela, distantes.

Será mesmo que tudo ficaria assim? Será que a raiva dela com aquilo que alegou ser minha falta de coragem no passado impediria um reencontro como eu agora o queria, definitivo?

Amargurado, interrompi a profunda conversa, bota profunda nisso, entre a albanesa e o espanhol metido a pensador perguntando se eles não achavam que havia algum parentesco entre filósofos e cavalgaduras. Quando a mesa voltou os olhos pra mim, perplexa, eu lembrei que se um de nossos maiores compositores, Caetano Veloso, sim, Cahetáno Felosso, a albanesa logo se debulhou, cantara que só é possível filosofar em alemão, o poeta Heinrich Heine dissera que o mesmo alemão era a língua mais propícia do mundo pra xingar cavalos. O catalão, daí os vinte e um tradutores de vinte países que referi anteriormente, me aplaudiu, mas o espanhol era frio demais pra embarcar numa briga, e eu me limitei à comida sem gosto, enquanto os outros continuavam discutindo os rumos do mundo contemporâneo.

Num momento de silêncio geral, a albanesa se aproveitou do meu mutismo e resolveu voltar à carga. Depois querem se queixar, essas franguinhas! Não poupei chibatadas, e ela já nem se preocupava mais em esconder o olhar insinuante. Foi então que lhe expliquei, enfim, o que significava tirana em português. Favas contadas, eu pensei, mas minha dor capital não tirava os olhos de Latica Mikalović. Ela, porém, não me dava nem sequer o suspiro de uma chance.

Também, quem eu estava pensando que era? No passado, ela ainda olhava pra mim de baixo pra cima, e as mulheres precisam tanto disso pra nos dar atenção. Eu era professor, ela era aluna, ao passo que agora, quarenta e poucos anos, já encanecido, eu continuava o professor de antes, tradutor de algum êxito, escritor tateando no escuro a cada novo fracasso, enquanto ela permanecia jovem, estava rica, traduzida em vinte e oito línguas, direitos comprados por Hollywood, dando entrevistas na Europa inteira sobre assuntos que iam da eleição de Obama ao sacrifício do ursinho Knut, da crise mundial ao aquecimento global, passando pelo penteado de Angela Merkel, a feia.

Recentemente, ela ainda por cima havia sido eleita uma das cem personalidades mais influentes da Alemanha. E isso sendo escritora! E com apenas trinta e poucos anos! E num país cuja *intelligentsia* era bem mais abrangente do que no Brasil, por exemplo.

O Brasil!

Quando eu disse à albanesa que no Brasil chamávamos a abóbada palatina de céu da boca, perguntando se ela não achava a expressão assaz poética, a mocetona respondeu dizendo que iria fumar um cigarro ao ar livre e perguntou se eu não queria acompanhá-la. Chaminé, eu disse a ela, em mais uma chicotada.

Ao chegar ao branco breu da bruma outonal, lá fora, eu senti a umidade dela e resolvi meter bronca, lhe dizendo que, por causa do céu da boca, a palavra pra língua e pra Deus era a mesma em português. É mesmo?, ela perguntou, já acreditando. E eu, totalmente desinteressado, é impressionante como às vezes os chistes mais eficazes nos ocorrem no tédio da indiferença, disse que era brincadeirinha, mas que a minha língua, no caso, era capaz de coisas divinas.

Ela já pingava quando eu falei que o frio estava demasiado grande pra uma alma tropical como a minha, e voltei a entrar. Não era a primeira vez que eu percebia que o heroísmo da recusa às vezes dá mais prazer do que o mergulho na trivialidade de um sim.

E eu, além disso, já ultrapassara em muito a cota de bobagens que um sujeito decente pode fazer na vida.

Também já estava um tanto cansado de esconder grandes derrotas com pequenas vitórias, de praticar o tempo todo o que os alemães chamam de *Flucht nach Vorne*, ou seja, fugir avançando, e ainda alegar que a expressão é belíssima, de ficar passando verniz em piso corroído a vida inteira e mostrar ao mundo lá fora a fachada de um palácio pra esconder o açougue que carregava aqui dentro.

Até porque a dor, a dor nunca diminuía...

# 8

Latica me viu chegando sozinho e eu julguei perceber alívio em seus olhos.

As mulheres eram mesmo estranhas, e previsíveis apenas no jogo de sombras que vai do desprezo ao interesse. Julguei perceber, eu disse bem, pois tentei capturar seu olhar durante horas depois disso e não alcancei nem sequer o beneplácito de uma espiadela. Quando ela se preparou pra sair, eu me levantei também, assim por acaso, e acabamos chegando à porta juntos.

Fiquei sabendo que estás no quarto do príncipe.

Opa, será que ela perguntou por mim, pelo menos? Logo lembrei que a sueca estava na mesa dela, e que deveria ter dado a informação a meu respeito. Eu disse que sim, mas que ela sabia muito bem que eu estava longe de ser um príncipe, que era no máximo um cavalo branco. Ela até esboçou um sorriso. Mas lamentavelmente não logrei vislumbrar nele nenhum resquício de nostalgia.

Não queres beber mais um vinho? Acho melhor dormir cedo, ela respondeu, os trabalhos começam às oito horas, amanhã. Não queres nem conhecer o quarto do príncipe? Vale a pena, eu garanto. Ela perguntou se eu estava mesmo a fim de mexer com os cadáveres do nosso porão, conforme reza a expressão tedesca, e cortou a possibilidade do abismo com a severidade de seu olhar castanho, onde eu já afundava o azul do meu. Perguntou e já foi andando com um tchauzinho gracioso, que me fez recordar dolorosamente a profundidade das águas balcânicas.

Minha flor azul é uma gazela refletindo mar e deserto em seus olhos magrebinos...

Se ela me amasse, teria me visto atrás da cortina seguindo seus passos com um olhar cheio de saudade.

## 9

Eu não tinha a menor vontade de voltar à Albânia e resolvi me recolher mais uma vez sozinho a meu retiro principesco, dessa vez sem nem de longe beber o que bebera na espera das noites anteriores, pensando no reencontro, fantasiando com a volta e sonhando com ela. Eu tinha de me cuidar, já despencara demais pelas beiradas da bebida, parara e recomeçara tantas vezes, e talvez Latica estivesse notando; ou pelo menos cuidando, quem sabe me testando. Por que não viajar, se ajudava? Aliás, ela sabia do meu problema, e ficara tão feliz ao me ver parar, conseguir parar, enquanto estivemos juntos.

Numa campanha tão grandiosa de reconquista, é necessário lançar mão de todas as armas. Mulheres de tutano, quando não nasceram pra enfermeira, não admitem homens curvados ao vício, disso eu sabia. Chega de cachaça, há sentimentos verdadeiros na matemática, e alguma nobreza no cálculo, quando a causa é realmente boa.

Sentado no vazio da escrivaninha, desprezei o arquivo d'A *mulher impenetrável*, que ocupou a tela assim que toquei o teclado, e abri um documento em branco.

Mergulhei no instante, aproveitando o silêncio, que ali era tão grande a ponto de eu ouvir o ruído dos próprios olhos quando as minhas pálpebras se fechavam, piscando. Sim, o silêncio ali era maior do que o silêncio em que cultivei minha infância, na casa ancestral do interior missioneiro, um inferno distante à beira do grande rio, pra onde eu não voltaria nem que todo o rebanho bovino gaúcho tossisse simultaneamente, e em alemão.

Mas não mesmo!

## 10

O choro de quem usa óculos é muito mais complicado.

Lágrimas...

Com ela eu perdera minha virgindade, por assim dizer. Ela sangrou muito, mas muito mesmo. Consideramos desde logo que aquilo nos uniria pra sempre. Não, ela não era virgem, nem eu era, mas eu jamais amara uma mulher nas regras, tinha aversão aos fluidos dessa ordem. Com ela, eu tentei pela primeira vez, e a melosa lambança foi tão grande que nós empapamos o lençol, a toalha felpuda que ela botara pra garantir, e chegamos ao colchão do sótão em que ela morava, na casa de uma velhinha. Nos empenhamos tanto em deixar tudo limpo, nos amamos tanto, mas tanto, depois daquilo. Foi aí, contudo, que eu me vi obrigado a voltar, e não tive coragem de largar a certeza pouca e vital da esposa que estava comigo em favor da generosa especulação artística da amante que eu deixava pra trás.

Logo, contudo, vi que eu não passaria batido. Que não lograria esquecê-la. Foi só perdê-la pra ver que não deveria tê-la deixado ir. É sempre assim.

E se passaram oito anos...

Por que eu não conseguia fugir do abismo daquela mulher? Ela era a única mulher com a qual eu não titubeava em trair duas mulheres, a única mulher que voltava, amante e muito mais que amante, a única mulher que eu comia não apenas por comer, que eu comia pra ficar mais perto, porque queria ficar mais perto, porque precisava ficar mais perto, cada vez mais perto, conforme acontece no verdadeiro amor, segundo me parece? Sim, Latica Mikalović foi a única mulher que durou oito anos em minha vida, mais do que todas as minhas mulheres, mais até do que minha mãe, que eu perdi tão cedo, e cuja perda sempre voltava a doer tanto nas perdas doloridas que a vida me reservou. E que eu chorei sem mostrar, engolindo em seco e partindo pra outra com o peito estufado por fora e a crista caída por dentro.

Será que ela durou tanto porque não ficou comigo?

Será que durou porque se manteve longe?

Que feitiço me arrastava a ela? Ela, a única mulher que me escreveu poemas? Por que eu esquecia que todo cálculo recomendava distância quando se tratava dela? Eu não aprendera com o passado, não estava afundando com ela, numa vida que fincava o pé na arte, mas abria mão da própria vida? Por que eu não me aquietava, não me satisfazia com a satisfação satisfatória daquilo que eu já alcançara, daquilo que eu era? Por que eu não aprendia de uma vez por todas a me contentar com aquilo que eu tinha?

Não, não dava. Tinha de ser assim, eu não podia agir diferente, não conseguia.

*Ich kann nicht anders*, e tu és a minha cisma, o fim de meu poder papal.

Meus dedos adquiriram vida sobre o teclado...

eu te esperei,
te espero,
continuo te esperando.
te procurei no aeroporto ao chegar,
tentei te achar nas poltronas vazias do trem,
em vão...
em tudo via as marcas de tua aura
e sofri como um cão...
o que fazer,
o que vou fazer,
com os mil
mastins
famintos
dentro de mim?
tento fugir ao coração,
que quase me escapa,
e beber tua lembrança,
nos objetos em que deixaste tua marca,

as pedras de bolonha,
lembra do werther?,
que ainda guardam o brilho do teu contato,
depois de tanto tempo...
nunca lavei as últimas roupas que vesti contigo, sabia?
não as daria nem por mil táleres...
te procurei no skype,
que veio bem depois que tu foste,
depois de nos conhecermos e nos separarmos,
e não te encontrei...
visitei teu facebook tantas vezes,
copiei todas as fotos
que achei,
eu, que não tenho nenhuma foto contigo,
e fiz um álbum com teus rostos...
voltei a pintar pra fazer teu retrato,
óleo sobre tela,
quis ser pigmalião,
pedi pra falares,
busquei os bálcãs no castanho
magrebino
dos teus olhos,
e não me satisfiz...
eu quero mais...
não me contento com teu rosto,
não me contento com teu quadro...
com tuas fotos,
quero uma foto,
uma vida contigo...

por que quando o telefone de um orelhão ancestral
tocou,
ontem à tarde,
eu, sozinho na rua,
pensei que tinhas de ser tu,
querendo,
precisando falar comigo?
por que o aeroporto de frankfurt era uma esperança?
e a alemanha não faz sentido sem ti?
se o país foi tão de repente bonito, um dia?
por que dói chegar à academia?
e dói mais ainda entrar no meu quarto,
sozinho?
por que não bates à minha porta?
e não ouço a maçaneta?
eu te quis,
fiquei com medo...
de perder a vida
por causa da arte...
mas eu te quero de novo
agora mais do que nunca...

fugi
por um caminho
que só me levou a ti...

agora estou aqui,
e não te quero pelo que és,
te quero pelo que sei
que sempre foste!

Ride, vós que nunca amastes!

Mergulhado na lembrança dela, eu voltei a sentir o que senti logo depois de ela ter me deixado. Fiquei feliz, sim, fiquei feliz porque ao lhe escrever ela retornou como em tantas vezes antes, voltou a se sentar ao meu lado, ficando perto, bem perto de mim. Cheguei a tocar a tatuagem no lado esquerdo do meu peito, pensando que encontraria sua mão morena sobre ela. Era lá que ela sempre pousava, quando descansávamos juntinhos sobre o colchão de palha daquele outro sótão...

Deixei o bilhete debaixo da porta dela às três da manhã e fui tentar dormir, a fim de encarar com menos olheiras a oficina que começava no dia seguinte. Ao leitor brasileiro que riu, e ao que não riu também, tenho de dizer que fiquei longe de alcançar em português a poesia daquilo que eu mesmo escrevi em alemão. É assim, que fazer? Sou obrigado a confessar minha impotência diante de mim mesmo, até porque os instrumentos que o alemão me ofereceu no terreno da lírica são muito mais eficazes do que os concedidos pelo português em questões de rima, ritmo e métrica. Quero ver quando isso voltar ao alemão, um dia, no buril de outrem.

Provavelmente melhore.

Automaticamente...

Não chegavam a ser versos, é verdade, mas eu sempre escrevia assim, sincopado, a ela, não usando as maiúsculas nem para os substantivos alemães. A forma ficou parecida, o conteúdo igual, a poesia se perdeu, e o que vale, no fundo, é a homenagem de quem sabe muito bem que jamais foi poeta...

# 11

No dia seguinte vi que haviam colocado meu nome ao lado do dela na mesa-redonda em que discutiríamos as peculiaridades e dificuldades de *A mulher impenetrável*. Será que os inescrutáveis ventos do acaso começavam a soprar a meu favor? Icei as velas imediatamente.

Ela demorou a chegar, pedindo desculpas, preocupada e carinhosa, e sentou sem me olhar.

A mediadora deu início à conversa explicando os procedimentos e abrindo os debates. Aí foi aquela tortura, a cada linha um problema, a cada página uma pedra de tropeço. Eu, que já estava pronto com minha tradução e tinha apenas duas ou três dúvidas, a cada pouco mostrava o pássaro a Ljubomir Iliev, o tradutor búlgaro, só pra deixar claro que ainda estava vivo.

Opa!

Eis que a expressão alemã não funciona em português, e o tiro, longe de ser certeiro, sai pela culatra, espantando dúbia e suspeitosamente as aves da compreensão. O que eu fazia, na verdade, era tocar três vezes a testa, bem próximo da têmpora, ou seja, *den Vogel zeigen*, para dar o dito tedesco.

Piraram na batatinha, alguém diria. Estão mesmo todos *plemplem*, se esse alguém fosse alemão, e aí até nós entenderíamos, pela força sonora da sentença, simplesmente. Me aborreci a não querer mais e, mal baixava a cabeça, era o pássaro do meu pensamento que saía voando, voando pra longe, embora o ninho que procurava estivesse ali bem perto, ao ladinho de mim.

Princesa, teu castelo virou fortaleza, e o assédio da minha lança em riste encontra sempre o muro medieval da tua indiferença.

Alma latejando!

Tudo bem, eu aceito dormir de janelas abertas. Já bebo um copo de água todas as manhãs ao acordar, como sempre fazias, dizendo que nosso cérebro é uma esponja, mas quero muito mais do que isso, quero dividir contigo o que tenho, aquentar nossas noites

botar lenha na tua fogueira,

queimar na tua lareira,

virar cinza até sentir minha alma inteira...

Quero traduzir muito mais do que os teus livros!

Na época eu era casado, conforme sabes muito bem, e sempre precisei da moldura de um lar ao meu redor pra não desandar. Foi por isso que casei tantas vezes. E estou casado de novo. A mulher já é outra e tu continuas viva dentro de mim. Até pensei que esqueceria de todas por causa dela, dessa nova mulher, mas foi só em ti que eu vi a noção do porto, que senti que havia chegado de verdade, que não precisava procurar mais. Ainda hoje não entendo por que me contentei em lançar minha âncora, apenas, por que não me acorrentei a teu cais.

Tive medo, sim, eu tive medo no passado. Era como se eu estivesse trocando o pardal na mão pelo pombo do telhado de uma nova expressão alemã. Sim, sabias que no Brasil o pardal se transforma num pássaro e continua nas mãos, enquanto o pombo do telhado vira dois pássaros que voam? Era uma opção entre a vida e a arte. Fui covarde, claro, optando pela banalidade da vida. Mas eu sou assim, sempre tive de impor limites ortodoxos a meu interior desandante.

Sabes o que significa não perceber, já em criança, onde teu corpo acaba? Sentir tua carne muito além da fronteira trivial da pele? Não ver onde o eu termina e o mundo começa? Pensar que o ser é um recipiente limitado demais pra uma porção tão grande de querer? E estar sempre transbordando, por assim dizer, sempre caindo pelas beiradas daquilo que deveria ser o teu próprio limite?

Quando para alguém o mundo não é mais do que um aglomerado de sensações que apenas distinguem o eu pelo fato de se condensarem um pouco mais ali onde estaria o referido eu, a continência passa a ser o maior bem, uma necessidade para a sobrevivência. Bem cedo vi que sou daqueles que sofrem muito mais com o sofrimento do que se alegram com as alegrias, e tentei criar mecanismos de controle. Sou um triste, no fundo.

Mas agora eu quero mesmo é fugir de mim, esquecer os limites que nunca tive, transbordar, avançar com meu rio pelo teu lago adentro. Enfiar o pé na tua jaca, abrasileirar teu seio balcânico, viver a minha vida contigo.

Mesmo que o mar continue turbulento...

# 12

No intervalo, ela ficou distante e me isolou o dia inteiro, não me deu nada de si, me deixando em-mim-mesmado, perdido na solidão sofrida da minha saudade bem brasileira, que continuava depois de a *Sehnsucht* alemã já ter acabado há muito. Sim, a *Sucht* de *Sehen*, a obsessão de vê-la de novo assim como os suspiros e as ânsias passaram bem logo. Afinal de contas, ela estava ali. Mas a saudade continuava doendo fundo. Depois nós, e quantas vezes eu mesmo o disse e defendi, é que somos os superficiais...

É certo que Latica não podia ler meus pensamentos, mas será que lera o bilhete da madrugada anterior, pelo menos?

À noite, abri a claraboia e pela primeira vez na vida fiquei olhando a lua, as estrelas clareando uma bela noite de outono. Jamais tive paciência pro céu, nunca fui capaz de contemplação.

Quando o primeiro pombo pousou na claraboia, pela manhã, eu me enfureci. Acabara de pegar no sono e já estava sendo acordado de novo. Era sempre assim. Quando eu não podia fazer a sesta, a dificuldade de dormir era maior ainda. Quando não corria pela manhã, então, impossível. As quinze condições.

Desci pra dar uma mijada e lancei mão da escova do vaso sanitário. Sentindo a sanha assassina se levantar dentro de mim, subi na cama e, num golpe rápido, bem no pescoço, fiz o pombo voar longe sem precisar das asas. Esse não me incomodaria mais. Lavei a escova ensanguentada e os respingos que havia em minha mão e no antebraço.

Lá se ia o pombo do telhado, eu ainda pensei, sentindo o fel escorrer, seco e rascante, pela garganta adentro, e me envolver inteiro.

## 13

Os trabalhos do segundo dia recomeçaram, e já estávamos, sim já estávamos, na página trinta de um romance de quatrocentas e poucas. Se bem que é injusto dizer estávamos, na medida em que eu estava longe, bem longe.

Não é que em determinado momento Latica encostou sua perna na minha?

E essa, agora?

Meu Deus, nós havíamos começado assim, um toque debaixo da mesa, entre o casual e o fatal. Os mundos que não se desenrolam depois de um simples toque! Novelo que se vai, fazendo uma confusão de fios. Coração que pula, adolescência que volta, e a gente vira o poeta, se abraçando a um pássaro que voa.

Tudo que aconteceu em seguida, no entanto, só me fez rastejar, pesado, sem conseguir levantar um centímetro do chão. A mesma distância comigo, a mesma simpatia com todos aqueles que tentavam verter em diversas línguas a seiva de sua alma.

Depois de bancar o príncipe solitário mais uma vez durante a noite, sentindo o castelo de qualquer esperança cair sobre mim em escombros antigos, também os trabalhos do terceiro e último dia terminaram sem novidades. Só abri a boca uma vez, quando alguém pediu que a autora explicasse a referência ao Brasil na passagem em que mencionava as figuras de Tristão e Isolda. Ora, ora, eu disse. Um tradutor deveria saber que a ópera de Wagner tinha muito a ver com o Brasil, vivam os amores impossíveis, eu consegui dizer num aposto, e que dom Pedro II, nosso imperador, chegou a financiar o compositor alemão num momento de dificuldade, que o convidou a estrear sua ópera no Rio de Janeiro, inclusive, coisa que por motivos políticos, provavelmente, acabou não acontecendo, mas que dom Pedro, sempre interessado em Wagner, inclusive foi à Alemanha pra acompanhar o primeiro festival de Bayreuth, bem mais tarde.

Tristão e Isolda têm tudo a ver conosco, eu terminei dizendo.

Consegui colher um olhar estupefato de todos, não mais que isso, e a cabeça baixa, cabisbaixa, de Latica.

## 14

Enfim aquilo chegava ao fim, pelo menos. Quando saí pra aproveitar o sol moribundo da tardinha de outubro, vi que o mundo mudara de repente. De um dia pro outro, as folhas das árvores caíram, o chão estava coberto de um dourado farfalhante.

Bonito aquilo, árvores nuas, inverno chegando.

Moldura pra uma alma.

Quando a vi, vindo pela alameda, tive certeza de que era minha fantasia, e me ridicularizei com um beliscão.

Doeu, e era mesmo ela.

Quando Latica se aproximou de mim, eu disse que ela faria bem em não esquecer jamais que eu podia fazer com ela o que bem entendesse, que tinha a faca do poder nas mãos, pelo menos no que dizia respeito ao belo queijo de seu livro. Ela sorriu dizendo que confiava em mim, não em mim, exatamente, mas no meu profissionalismo, na bola que eu dava à opinião dos outros sobre mim mesmo. Por acaso eu não havia sido o primeiro Translator in Residence do Brasil, o mais jovem da história a representar diplomaticamente a Academia Europeia de Tradutores, e ainda por cima não me vangloriava disso? Ela havia se informado a meu respeito, apesar de não ter respondido meus e-mails, de ter mudado de endereço, real e virtual. Inclusive dera uma olhada no meu último livro, na medida em que seu português ainda permitia. Gostara do título, *Três torturadores*. Soava bem, ainda por cima. Mas a mim não enganas, ela terminou dizendo, bela estratégia, essa, de dizer que são três os torturadores...

Eu emendei falando da promiscuidade doida que ligava um tradutor a sua autora, da intimidade perversa que envolvia o processo de verter uma alma alheia usando os instrumentos de uma língua tão diferente para uma experiência tão próxima. Por mais bem manejados que eles fossem, aquele filho passaria a ter um pai, além da mãe que já tinha. Uma família, enfim.

Também lembrei a ela que nós, os tradutores, registramos de maneira eterna a precariedade de nossas leituras. Que somos leitores com um gigantesco poder de interferência, por assim dizer; e que sempre somos traidores, mesmo quando não queremos e, mais que isso, que às vezes temos de trair pra ser fiéis de verdade. Só na literatura, ou na vida também?, ela perguntou.

Eu me fingi de desentendido, disse que largaria sem problemas o navio em que estava pra encarar as ondas tempestuosas do mar que me separavam de seu porto. E também disse o que antes apenas pensara, que só nela é que eu vira a noção do que era um porto, um dia, além da loucura em alto-mar que tínhamos vivido juntos, além da luta em que eu transformava meus casamentos, além inclusive do último casamento, quando eu até me aquietara um pouco, e que provavelmente dera mais certo porque todo homem, inclusive eu, vai perdendo suas garras, gastando seus dentes, com o tempo. Ai, meu patrono! Era como se eu tivesse tentado outra vez pra errar de novo, mas errar melhor, como aliás acontece sempre e em tudo nessa vida.

E até que dera certo, sim. Não sei se algum dia vou conseguir errar tão bem de novo. Mas era só lembrar daquele porto, do porto dela, que meu navio soçobrava, e eu ficava com saudades da vertigem daquela terra firme, ainda que ignota, no fundo ignota. Mas isso pouco me importava, agora, até porque, no medo de largar o que já se tem pra buscar o que se quer, às vezes a gente pensa que vai ficar sem o pé e se salva perdendo apenas alguns dedos.

Fora assim comigo tantas vezes, física e metafisicamente.

Depois perguntei se ela gostara da sugestão de capa para a edição brasileira de *A mulher impenetrável*. Ela disse que sim, que gostara muito. Eu lhe disse que aquela ilustração, *Courants de fumée*, de Étienne-Jules Marey, na verdade seria usada na capa do meu próximo livro, mas que eu fizera questão de ceder a ela o que eu amava tão profundamente, de deixar o que era meu no frontispício dela, fazer daquela criança definitivamente não o filho dela, mas o nosso filho, conforme era justo e bom.

Não disseste uma vez que as palavras dos outros, mal pronunciadas, se apagavam, enquanto as minhas ficavam tatuadas na tua alma? Agora vou registrar o miolo das tuas na minha língua, com minha língua, e inclusive te envolver na capa daquilo que era meu. Vamos, o agora é uma ponte para o depois, e nós dois vivemos no abismo que separa o presente do infinito.

Ela sorriu num *Danke schön* mudo e melancólico, e disse que eu sabia muito bem que a edição brasileira de seu livro era mais do que especial também pra ela, e nem de longe apenas por ser a primeira tradução publicada no mundo inteiro, conforme a revista *Spiegel* chegara a destacar, colocando-me ironicamente ao lado da autora numa fotomontagem.

Pela primeira e única vez ao lado dela, mas na invenção de uma fotomontagem...

Aliás, ela viria ao Brasil, sim, pra autografar o romance em que contava a história de uma menina sem pátria, que fugira de um país esfacelado que devorara seus pais na guerra dos Bálcãs, pra reconstruir sua vida no exílio cosmopolita da Alemanha, onde acabara se envolvendo doentiamente com um professor argentino de ascendência obscura, acusado em seguida de sedução de pupila, demitido e expatriado, depois de uma série de descobertas que envolviam seus antepassados com os rumos de uma outra guerra e de um outro genocídio, o maior do século XX.

E no Brasil poderíamos voltar a nos ver.

Quem sabe?

E em seguida ela se foi, mais uma vez se foi, me deixando só em meio ao dourado amargo daquele outubro dorido.

Pétala, eu ainda gritei, registrando seu nome bósnio no português de uma língua que ela amava tanto, no som de uma palavra que ela dizia adorar.

Eu a vi desaparecer na distância e, já cabisbaixo, me abaixei de todo sentindo que o chão me atraía como nunca e sorvendo a vertigem voraz da queda. Peguei uma das folhas do chão e me senti pisoteado. Levei-a ao nariz. Quis devorá-la.

Vai marcar pra sempre as páginas do meu exemplar de *A mulher impenetrável*.

Látitsa, pétala minha...

## 15

À noite, encerrando os trabalhos, ainda apresentaríamos o resultado de nossas discussões numa mesa-redonda aberta ao público, mediada pelo já referido Denis Scheck e televisionada para a Alemanha inteira.

Juro que cogitei fazer uma declaração, abalar as estruturas sérias da divisão entre o público e o privado naquelas terras, esclarecer quem eram os personagens daquela história, dizer o que era verdade e o que era ficção, mostrar como a Argentina ficava perto do Brasil não apenas na ignorância arqueira de Oliver Kahn, revelar de onde a autora tirara as referências brasileiras a Tristão e Isolda, para ao fim proclamar meu amor mais vivo do que nunca, depois de oito anos de um exílio verdadeiro como nenhum outro, e convidá-la a beber comigo o cálice da paixão, contra tudo e contra todos, mostrando ao mundo que o amor justifica qualquer erro e apaga até as piores máculas do passado.

A frialdade melancólica dela me fez desistir.

Investimento em vão.

Patetice que às vezes cai tão bem, mas no caso sem resultados, por certo.

Eu perdera meu trem, desprezara meu porto, voara baixo demais.

O jeito era botar o rabo entre as pernas, fazer as malas e cachorrar de volta, simplesmente, para a solidão do meu casamento moribundo, arrastando a vida adiante como desse e talvez constatar que a existência era isso mesmo, no melhor dos casos.

Me recolhi no fundo mais profundo da minha insignificância quando Denis Scheck pediu uma salva de palmas do público à autora, dizendo que esta destinara seu cachê de cinco mil euros à Academia, a fim de que ele fosse transformado em bolsas para os tradutores que sempre se sacrificam tanto e raramente veem seu trabalho compensado de maneira minimamente digna. Palmas também para os coitados...

E eu ainda queria chorar pela esmola de sua atenção...

Na mesa-redonda, me limitei a ler o trecho inicial da minha versão ao português do Brasil em voz alta, imitando todos os outros, e não me dignei a abrir mais a boca, casmurro, apesar de uma provocação simpática do mediador referindo a argentinidade de Paulo Coelho, que aliás teria me dado a deixa para a cogitada declaração.

Quando já estava indo embora, olhando a fila quilométrica formada pelos sedentos de autógrafo e pensando que Latica Mikalović poderia acrescentar mais uma folha a sua coroa de louros, uma rapariga em flor, toda aberta em seu sorriso cheio de lábios, veio correndo até mim com a edição alemã de *A mulher impenetrável* e perguntou se eu não aceitaria autografar o livro pra ela antes de ir embora.

Ora, mas a obra nem é minha.

Buscando o sereno ameaçador da madrugada sem pestanejar, ela disse que amava tanto o português em sua versão brasileira, dejavi, que gostara tanto da sonoridade poética da minha leitura, e além do mais soubera que eu também sou escritor...

Sim, ela não queria, não queria porque não queria, e aliás não podia perder a oportunidade. Tá aqui a caneta...

Me segurem, porque vou cair de novo.

Fiquei estupefato, sem saber o que fazer, de repente, e disse que sim, meio embasbacado.

Depois de pegar também o bilhete com seu telefone e seu e-mail, abri o livro, vi que ela ainda não colhera o autógrafo da autora e me limitei a escrever, em português mesmo, pra ela, para as outras e sobretudo para a outra, que por certo o autografaria em seguida:

império dos sentidos

dói tanto ver
quem menos ama
tem mais poder...

E assinei embaixo:
M. N., desenhando três ondas e meia de desilusão...

# O PÉ DIREITO

## 1

Acordo num sobressalto, me afogando em mar turbulento a caminho do sono, e constato a bexiga estourando. Quero ver dormir de novo, agora. Meu despoder é grande, a privada fica longe e eu não consigo mais abrir mão das muletas. Embora o pé ainda continue onde sempre esteve. Desconfio seriamente que amanhã não poderei mais dizer o mesmo. Carregando o tripé do soro, vou ao banheiro com todas as dificuldades do mundo. Nem mijar direito eu consigo mais...

Quando ela se separou eu pensei de cara que o melhor seria atar logo de uma vez aquela baita égua no meu tronco. Uma montaria daquelas não fica sem dono por muito tempo. E, sem titubear, já fui preparando o laço. Eu sabia que ela era especialista em Nietzsche, que sua tese era sobre *Além do bem e do mal*, que, ao contrário de boa parte de seus colegas filósofos no Brasil, ela dominava o alemão, e não vacilei.

Disse que a minha editora havia me convidado a traduzir A *crítica da razão cínica*, de Peter Sloterdijk, que eu sabia que ela admirava, e perguntei se ela não aceitava traduzir a obra comigo, já que eu andava ocupado demais com minhas próprias coisas pra assumir o calhamaço sozinho. Sempre vi a tradução como a ponte mais segura sobre o abismo que leva do ostracismo à obra, mas agora estava disposto a investir cada vez mais em mim mesmo, na minha própria seiva. Estava um tanto cansado de botar véus sobre mulheres às vezes lindíssimas, pra ver outros beijá-las diante do padre.

Queria minha própria noiva, nua.

Ela gostou da ideia, perguntou se eu a achava capaz de tanto, e eu me recusei a dizer mais palavra sobre o assunto. Comuniquei a decisão à minha editora, que logo perguntou, de repente enciumada, quem era a mulher, me chamando de sedutor e me acusando de não perder oportunidade com os rabos de saia que cruzavam meu caminho. Eu lhe devia satisfações, por acaso? Se minha relação com ela não era de caráter meramente profissional, o culpado não era eu. Quem começou? A gente nunca sabe quem começou de verdade nesses casos.

Mas foi ela...

Também não sei por que fui aceitar seus afagos da última vez, ainda há pouco, se já nem estava mais interessado. A inércia da mesmice, mesmo em movimento, chega até aos amantes, um dia... Mas tenho certeza de que não dei a menor razão pra ela ver promessas no que foi apenas o suor de mais uma tarde fortuita. Até achei estranho o fato de ela insistir pra eu dormir na casa dela, à noite, deixando de lado o hotel, e com um não dos mais tranquilos mostrei direitinho que eu era apenas um casado de passagem pelo Rio de Janeiro, já que não havia mais voos diretos de Porto Alegre para a Alemanha. Pelo menos não pro meu bolso.

O contato com aquela que agora se poderia chamar de minha nova parceira profissional, pra usar o jargão das finanças e dar uma colher de chá ao capitalismo enfermo, ficava cada vez mais intenso, e eu já não hesitava em ultrapassar as barreiras daquilo que seria apenas uma amizade, coisa que aliás já fazia havia um bom tempo. Trabalho social de contato e relação, também se poderia dizer, num mundo em que até a amizade virou moeda de troca.

Mas eu era casado, já fizera muita merda na vida, e os avanços nunca eram tão claros a ponto de não deixarem a porta dos fundos sempre aberta para a eventualidade de uma fuga necessária. Embora eu até hoje não tivesse encontrado nenhuma dessas Glenn Closes andando soltas por aí, caldo de galinha pode fazer um mal danado, e a cautela interiorana sempre me ensinou a usar botas de cano bem alto pra limpar a estrebaria.

## 2

Ai, meu pé! Pelo menos estou num quarto privativo com banheiro. Pelo menos! E, se é assim, foi apenas por causa dela. Foi ela que exigiu que eu fizesse um plano de saúde, logo que fomos morar juntos. Antes dela, eu achava essas coisas desnecessárias. Quando ela dizia: Amor, todo mundo está sujeito a uma doença!, eu me limitava a responder: Missioneiro tem saúde de ferro... Era sempre assim, ela vinha com uma cariocada, e eu descia o facão afiado das missões, afetando todo o carinho de quem ainda insiste em marcar diferenças e fazer grau. Ela: Amor, ninguém é de ferro e Mauá é linda! Eu: Missioneiro não precisa de férias. Ela: Amor, a moça da aiurvédica é ótima! Eu: Missioneiro só faz massagem na zona. Se a moça pelo menos fosse linda como Mauá... Mesmo quando aceitei chamar o representante e gastar os trezentos e cinquenta paus por mês ainda achava o plano de saúde desnecessário. Devo tudo a ela, na verdade.

Tenho de dizer que já na primeira vez em que a vi, eu quase caí de costas.

Quando nos cumprimentamos, logo ficamos enroscados. Duas pessoas de óculos, mesmo se beijando de leve nas faces, são como gladiadores terçando armas na arena.

Nos encontramos na Alemanha, onde eu dava minhas aulas na Universidade de Freiburg depois de ter concluído um doutorado em filosofia da tradução. Eu soube muito bem como galgar de bolsa em bolsa, ganhando estipêndios cada vez mais polpudos até me tornar o autônomo bem pago que hoje sou. E isso depois de patinar um bocado no interior, estudar nessas universidades da roça em que todo padre pensa que é Sócrates, fracassar numa passagem rápida pelo Rio de Janeiro, buscar mestrado em Porto Alegre, até enfim ver que meu alemão poderia abrir as portas de um doutorado no exterior. Viva!

Mas eis que, depois de um joguinho de futebol com os professores, o diretor da faculdade me perguntou se eu não queria ir jantar à casa dele no sábado à noite, pois receberia o que chamou de "uma filósofa brasileira". Eu lamentei ter de me sacrificar ao programa de índio em favor do interesse, e aceitei.

Fui, levando minha digníssima a tiracolo.

Uma filósofa brasileira? Ora, ora...

O impacto quando a vi foi tão grande que só me restou desdenhar pra manter o controle. Por certo tentava apenas me proteger do baque, mas de quebra ainda dava razão a uma pechincha na compra eventual de seus favores, no futuro.

O quê? Tão nova e já doutora, com diploma e tudo?

O meu ainda não estava pronto, a tese ainda tinha de ser publicada, conforme rezavam as regras alemãs, mas já tinha sido devidamente entregue, aprovada com nota máxima, e o doutor das filosofias aqui apenas aguardava o latim do canudo.

Depois eu ainda disse que o sotaque dela ao falar alemão, sons nasalados, chiados, ausência de consoantes aspiradas e quejandos, era tipicamente brasileiro, coisa que devia residir também no fato de ela ser carioca. Ela era carioca, não era?, ainda tentei remediar, depois de cogitar que o aguilhão talvez tivesse entrado fundo demais.

Ela me fuzilou com um olhar, mas eu sabia que as mulheres adoram homens arrogantes. E quando eles têm infraestrutura, então, conseguem o que querem, o que entendem e o que bem entendem e não entendem...

## 3

Tento ajeitar meu pé na cama. Meu pé não, minha perna. Tudo começou no pé, perto dos dedos menores, mas agora já tenho de falar em perna, ainda que no pé o estrago seja maior. Já não o sinto mais, e preciso da ajuda das mãos para movê-lo. Ele não tem contornos, não tem ossos, não tem veias. Sumiu no inchaço, que é visível até o joelho, e eu pareço vítima de uma elefantíase das mais graves. Os dedos estão sem perfil, e agora parecem os cotos informes de um desenho infantil.

Se ela se separou, eu continuava casado, dignissimamente casado, lamentando o fato de ela ficar sozinha tão cedo, bem antes de eu voltar; antes demais, por assim dizer. Quando, depois de duas semanas, ela me escreveu dizendo que conversara com o marido e que estavam buscando "uma base" para continuarem juntos, eu fiquei pra lá de baseado, não consegui me conter e disse, simplesmente, já?, mas confesso que fiquei aliviado. Pior seria se ela encontrasse outro. Minhas chances restariam menores, por certo. Podem me acusar de racionalizar tudo, de calcular sentimentos, mas levem a mão ao vosso próprio nariz e avaliem com cuidado pra ver se ela não fica bem cheia, antes de jogar em mim a primeira pedra de um catolicismo pudico, juntada no chão de um romantismo ingênuo.

E viva a reviravolta.

Eis que poucos meses antes de voltar aos ares brasileiros quem se separou fui eu e, assim como ela fez, também telefonei anunciando a decisão. Razoável, não parece? Depois de uma primeira experiência imatura no interior, que me levou a pensamentos e atos que ainda hoje são bem-te-vis cantando no alto da árvore que farfalha na minha consciência, e mesmo assim não foi suficiente pra me fazer aprender, casei pela segunda vez com a digníssima namorada de então, já em Porto Alegre, a fim de garantir alguns trocados a mais na bolsa alemã, depois de uma breve passagem pelo Rio de Janeiro. Casei pra ir à Alemanha, portanto. Nada mais razoável do que me separar quando estava voltando.

Claro que eu não disse isso à minha "amiga". Não sou bobo nem nada.

Ela ficou surpresa, imensamente surpresa, não quis acreditar. Disse que meu casamento era tão perfeito, e tal e coisa e coisa e tal. Eu disse que um casamento, quando não parecia perfeito, já estava morto há tempo, que me entendia muito bem com a digníssima, que sempre cultivei meus jardins com cuidado, que se não fosse assim seria melhor ir morar logo de uma vez por todas num deserto sem verde, mas que as coisas às vezes não são como parecem, ou melhor, quase nunca são como parecem. E, num rasgo iluminado, decidi levantar meu tacape...

Eu disse que ultimamente bastava uma mulher bonita e inteligente passar por mim pra eu claudicar. Sim, eu disse claudicar, me lembro muito bem, sabia que ela gostava dos meus fumos de erudição. Quase mencionei a minha aluna bósnia pra dar um primeiro exemplo, mas resolvi encaminhar o golpe logo de uma vez, sem me perder nas beiradas. E encaminhei, dizendo: aliás, exatamente como aconteceu contigo! Quando ela disse o quê?, manifestando algo que eu chamaria de pasmo irrefletido, tive certeza de que já estava com uma mão na taça. Logo comecei a cortejá-la a todo o vapor, o assédio não parou mais, o que antes era feito entre as flores de alguma expressão alemã e em meio a um punhado de poesia vaga passou à clareza límpida e translúcida de uma série de propostas, ainda poéticas.

*A crítica da razão cínica* foi logo para o segundo plano. Quando ela me mandou as primeiras páginas, constatei que tinha acertado em cheio ao elegê-la, marquei algumas coisas, mas não consegui mergulhar no trabalho. Pensava apenas em voltar ao Brasil, em encontrá-la, em matar o germe da saudade incubado havia tanto tempo. Mas é claro que eu também sentia saudades, saudades daquilo que não vivera, de ver como era no amor aquilo que começara na amizade, naquilo que chamam de amizade.

# 4

E pensar que tudo começou com um arranhão, com um simples arranhão. Depois da separação, quero dizer. Porque tudo começou mesmo quando me separei dela, tenho certeza. Como pode, um mero arranhão dar naquilo tudo? É o que me pergunto. Eu que também nunca acreditei em bobagens como esse troço de somatizar, agora sou obrigado a dizer que talvez vá perder meu pé por causa de uma separação. Uma grande separação. A separação.

E eu voltei ao Brasil.

Ambos sozinhos, eu sem destino, foi fácil adotar o Rio de Janeiro mais uma vez, embora eu nunca tenha dito a ela que já conhecia a cidade.

Por que eu voltaria pra Porto Alegre, se o apartamento que comprei com minha segunda mulher ficaria com ela? Família eu não tinha mais, e a casa ancestral que deixara nas missões acabara nas mãos da minha primeira mulher, a esperta. Ademais, pra lá eu não voltaria de jeito nenhum, era hiperativo demais pra tolerar o cotidiano pacato do campo. É assim, a vida, a gente casa e vai deixando casas por aí, mundo afora. Eu nunca conseguira me fixar no instante, aceitar o presente, me estabelecer na limitação de um só espaço.

E, se não falava da minha breve vida pregressa no Rio de Janeiro, era também porque queria fumos de novidade, sim, mostrar como a novidade daquela nova vida, nova idade, me atordoava. Queria mostrar a ela minha cara estupefata com a beleza da cidade. Abrir a boca ante montanha e mar, tão singularmente unidos numa geografia impossível. E assim montamos casa, construímos um lar e ficamos bem.

Bonito sairmos juntos pra decidir qual a mesa em que passaríamos a comer, quais as cadeiras em que sentaríamos, quais as estantes que melhor calhavam. Chegávamos a balançar as mãos sempre dadas, quase saltitando, felizes na rua, enquanto eu cantarolava lá-lá-ri-lá-lá sem dar a menor bola aos passantes.

Mas não conseguíamos trabalhar em *A crítica da razão cínica*.

Engraçado, era como se a vaca do livro já tivesse dado todo seu leite. Quero dizer, sem saber em que medida o cinismo aparente de uma expressão como essa ainda é legítimo quando a coisa fica tão séria, era como se a obra já tivesse alcançado seu objetivo antes mesmo de ser traduzida, como se ela agora fosse dispensável, como se não precisássemos mais dela, como se não soubéssemos e não pudéssemos encará-la.

A editora começou suas cobranças bem antes de o prazo ter sido esgotado. Ficou sabendo que eu me separara, que casara de novo, e com a pretensa cotradutora do livro de Sloterdijk. Essas coisas se espalham como fogo de palha no mundinho palhaço da Zona Sul do Rio de Janeiro. E não é que de repente ela começou a reclamar, implorando uma atenção que eu não estava mais nem um pouco disposto a lhe dar? Eu mudei, mudei mesmo, eu ainda disse ao telefone, me encolhendo ao ouvir o insulto que veio do outro lado.

Depois eu falei que ela não se preocupasse, que faríamos a tradução, que o fato de eu não poder mais traduzir em gestos sexuais o carinho profissional que ela sempre demonstrara comigo obviamente não significava que o trabalho não seria feito com cuidado tanto maior. Ela disse que não estava falando disso e, furiosa, de repente achei que ela soluçou, mas não tive certeza, gritou que cortaria o adiantamento, que só pagaria o resto do trabalho quando o recebesse. Pronto, irretocavelmente pronto.

Nem a isso dei muita importância. Consciência tranquila e digestão benfeita são sensações muito parecidas, pra mim. Nem ela, aquela que eu já estava chamando de minha mulher, deu trela aos humores da outra. Meados dos trinta e três casamentos. Mas eu era assim. Depois da primeira separação, de perambular no meio do caminho, por assim dizer, cheguei a pensar que meu destino apontava para a solidão, mas logo vi que sou daqueles que não gostam de viver sozinhos, que preciso do formato estável de quatro paredes contornando a fluidez da minha fantasia.

Conversávamos e ríamos da situação, felizes da vida, além do bem e do mal, na teoria e na prática. E com conhecimento de causa, ela ainda disse, embora já não acreditasse mais em Nietzsche.

# 5

E essas comichões que não param? Agora elas já estão querendo ultrapassar a barreira ossuda do joelho. E a médica que não vem? E os exames, cadê os exames? Sinto que estão tentando me esconder alguma coisa. Por que ninguém fala comigo? Consigo alcançar o telefone e tento ligar pra minha mulher, agora ex-mulher, minha terceira ex-mulher, o celular dela está permanentemente desligado, o fixo cai na secretária, sempre na secretária. Ouço a mensagem, mergulhado na voz dela. Sei que ela não está, mas ligo de novo, quero ouvir sua voz, beber sua voz, cheirar sua voz...

O mundo com ela era uma maravilha.

Eu descobri encantado que as outras mulheres já não me importavam mais, que eu sabia viver apenas pra uma. Pela primeira vez.

Enquanto isso, a pressão da editora aumentou. Quando a coisa começou a beirar a insolência, eu percebi de repente que o prazo de entrega já não poderia mais ser cumprido. Mas pouco me importei, mais uma vez, dessa vez pela primeira vez na vida, pouco me importei com um prazo. Eu que, desde a primeira tradução, aquele Brecht já tão distante, sempre soubera transformar a pontualidade e a confiança dos outros em moeda corrente, agora me jogava no desleixo do atraso. Quando a editora me ligou dizendo que a publicação de A *crítica da razão cínica* seria o lançamento que marcaria os vinte e cinco anos de sua casa editorial, que estava planejando um coquetel com debate no qual ela queria que eu fosse uma das estrelas, Sloterdijk aliás já aceitara fazer uma visita ao Brasil para participar, eu vi, e também pela primeira vez, que a coisa estava realmente feia.

Botei ordem na casa bagunçada da razão e me lembrei de uma fã talentosa que eu conseguira comer sem fazer promessas, mas que, eu sabia muito bem, provavelmente se submetera ao meu jugo na esperança de ouvilas. É impressionante como se precisa fazer pouca coisa hoje em dia pra ter fãs. Resolvi perguntar se ela não queria fazer a tradução. Ela era talentosa, eu não me comprometeria. De maneira nenhuma.

Falei da nova solução à editora, dizendo que eu e minha esposa, sim, eu disse eu e minha esposa, com toda o pequeno-burguesismo do mundo eu disse eu e minha esposa, estávamos tendo bloqueios, que não conseguíamos avançar na tradução, mas que eu não queria, de jeito nenhum, comprometer o planejamento editorial dela. Daí a sugestão. A tradutora era confiável, e ela, a editora, quero dizer, sabia muito bem que eu não comprometeria meu nome, pelo qual aliás zelava tanto, indicando uma inepta. Ademais, passaríamos à nova tradutora o que já havíamos traduzido, e eu ainda me oferecia pra fazer a revisão crítica da tradução. E aceitaria participar do debate de lançamento, se ela quisesse, aliás a ideia era brilhante, e também entrevistaria Sloterdijk pra algum jornal. O adiantamento que já havia sido pago a nós cobriria a parte que entregaríamos pronta, mais ou menos vinte por cento da obra. Abríamos mão do registro do nosso nome na tradução. Sem problemas. A partir daí, ela poderia negociar com a nova tradutora.

Nem sei como consegui terminar minha argumentação em meio ao berreiro dela, que me interrompia a cada inexistência de pausa. O quê? Chega de ficar tapando buracos com remendos tortos. E se eu não devolvesse todo o adiantamento hoje mesmo ela me processaria. Quem eu estava pensando que eu era? E ela contrataria quem bem entendesse pra fazer a tradução, que aliás já anunciara aos quatro ventos da imprensa. Será que eu estava querendo acabar com ela? Que eu tirasse meu cavalo da chuva, ela não continuaria dando trela a cadelinhas que eu comia, alimentando meu nepotismo sexual.

Devolvi o adiantamento sem pestanejar. Problemas pra quê, se o mundo era tão bom? Melhor desistir logo daqueles poucos centavos e continuar no gozo imperturbado das delícias estáveis que o mundo de repente me oferecia ao lado de uma mulher que parecia ser, incrível, mas parecia ser de fato pra vida toda.

A vida toda...

## 6

Eu até implorei que cortassem meu pé de uma vez por todas quando a dor se fez insuportável. Engraçado, não contadas as comichões na altura do joelho, eu agora não sinto mais nada, a não ser o peso de carregar meu pé por aí, a dificuldade de andar, a necessidade das muletas. Menos mal que não preciso sair da cama. Na miséria, na mais alta das misérias, até a dor acaba. O embotamento é tudo. Da próxima vez não vou ao banheiro pra mijar, estou cagado mesmo.

Por que diabos foi que resolvi ir ao lançamento? Só porque a editora se mostrou irônica o suficiente a ponto de me mandar um convite? Ou foi porque a solidão outra vez pareceu grande demais em mais uma das viagens da minha mulher? Ou terá sido porque eu mais uma vez me senti empregado dela, secretário, pra usar um substantivo menos ofensivo, sempre cuidando pra que tudo ficasse em ordem, na nossa casa e na nossa vida? Eu queria ouvir louvores ao meu repentino sacrifício ao lar, queria vê-lo laureado adequadamente, com mais amor, mais carinho, mais atenção. Ou será que meu orgulho simplesmente queria mostrar que eu estava por cima do charque daquela pendenga?

Em que medida a armadilha não estava armada desde o princípio?

Do jornal já haviam me ligado, surpresos com a nova tradução, perguntando por que eu desistira da obra que tinha sido anunciada com tanta pompa e circunstância na pena da minha versão. Eu, feliz da vida, decidi evitar brigas públicas, já estava cansado delas, e disse que tinha muita coisa a fazer, muitas aulas, meus próprios ensaios, meus livros. Que pela primeira vez não pudera dar conta de um trabalho que, é verdade, assumira, mas que me preocupara em oferecer soluções à editora. Que ela, no entanto, decidira cortar a relação, a relação profissional, e seguir com suas próprias pernas. O que também não deixava de ser conveniente. Aliás, eu conhecia a tradutora e sabia que ela era boa. Muito boa, na verdade. Esperava que ela, indicação minha, eu ainda lembrei, tivesse desempenhado bem seu trabalho. E estava curioso pra ver o livro. Não, pelo que eu sabia Sloterdijk não deixara de vir porque eu não seria o tradutor. Não, nada a ver.

A jornalista se deu por satisfeita.

Não sei como foi que a editora chegou a se acertar com minha fã. Sei que vi as duas felizes da vida, dando entrevistas aqui e ali antes mesmo de a tradução ser publicada. A juventude da minha fã e a maturidade da minha editora, uma harmonia comentada em todos os cadernos de cultura, com sugestões pra lá de insinuantes que pareciam pouco importar às duas.

Muito pelo contrário.

Elas bebiam abertamente as benesses de uma imprensa sedenta de escândalos, sempre doida por novidades, louca pelo espetáculo.

## 7

Querem ver meu pé purulento? Olhem! Eu sou um monstro do joelho pra baixo. Chego a ter a impressão de que com esse pé nem sequer continuo sendo eu. Será que voltarei a ser eu sem ele? Será que poderei voltar a ser eu algum dia sem uma parte de mim? Em que medida a gente ainda continua sendo eu, quando não é mais todo eu, não é mais inteiro? Onde fica o eu, dentro da gente? Será que o eu existe mesmo? Sem ela, por exemplo, eu tenho uma certeza bem amarga de que eu não sou ninguém...

No meio do burburinho do lançamento, aliás um sucesso, faltava espaço pra tanta gente, cheguei a me perguntar se eu talvez não viera seguindo o fio da curiosidade, que tantas vezes leva ao abismo da encrenca, conforme eu aliás já sentira tantas vezes no próprio couro àquelas alturas.

Resolvi aceitar a taça de vinho. Tinto, por favor! Só uma, depois de tanto tempo, com certeza não haveria de representar um problema. Eu saberia muito bem quando parar. Sempre soubera, desde que parara.

Quando a fã veio até mim, eu já estava eufórico, e, confesso, um pouco incomodado com a desenvoltura das duas, atendendo a imprensa, sorrindo pra todos os lados, aos beijos e abraços. Descaradas! E foi então que a língua me escapou, e eu disse à fã que não acreditava que ela pudera esquecer de tudo assim no mais, buscando satisfação no vale reentrante de uma mulher depois de ter passado por toda a saliência do pico que eu um dia lhe oferecera. Não dizias gostar do ar das montanhas? Ela sorriu, insinuante e repreensiva, e se afastou calculadamente, mais uma vez para os braços da editora.

Eu aceitei mais uma taça e a esvaziei de um só gole. O calor do Rio sabia ser insuportável no verão. Não era por menos que eu passava as férias na Alemanha, aproveitando os ares benfazejos da Academia Europeia de Tradutores já havia tantos anos. Era uma maneira razoável de voltar a um chão que eu amava e me acolhera por tanto tempo, recordando mais de perto algum carinho do passado. Até porque a estada era sempre bem paga com o alvitre de mais uma bolsa, e oferecia concentração irrestrita em ambiente perfeito.

E então foi a editora que veio até mim, justo quando eu lançava uma gracinha ao decote de Carol Teixeira, todo embasbacado. Depois de mandar a morena pastar, a editora disse que a nossa fã agora era dela, só dela, que eu não meteria mais o meu arado no sulco róseo daquele trigal dourado, conforme eu escrevera um dia nos versos de "O poema do lavrador feliz", que ela imaginava dedicados à fã, sem saber que minha segunda mulher, que me acompanhou ao mundo cosmopolita da Alemanha, também era pecaminosamente loira.

Eu dei uma gargalhada que fez várias cabeças rolarem, e perguntei se as duas não sentiam falta de nada na hora do vamos ver. Se elas quisessem, aliás, eu poderia suprir a falta, a imensa falta que elas por certo lamentavam tanto. Completar a geometria, dar o vértice de um triângulo a duas linhas que corriam paralelas e não chegavam a formar um objeto.

O que vi no rosto dela foi o clarão do desdém, maculado pela sombra do que julguei ser uma lembrança saudosa.

Ivo engano!
Com nome e sobrenome.
E toda uma família aguda de consequências...

## 8

O enfermeiro chegou dizendo que me levarão para a sala de operações às duas da madrugada. É sempre assim, a gente espera uma médica e chega um enfermeiro. No hospital e na vida! Um restinho de vontade que ainda sobra me faz olhar pro relógio e ver que faltam pouco para as onze da noite. Pergunto se ele não pode devolver a garrafa que me confiscaram, porque não aguento mais. E não é de dor, eu disse, não aguento mais de vida. Não aguento mais de vida! Vem dar uma coçadinha aqui no meu joelho, vem, senão eu me mato! Ele deu aquele sorriso dos que não sabem o que fazer e fechou a porta, me deixando na solidão semiobscura de uma lâmpada que cheirava a hospital.

Quando acordei, eu estava na cama de um hotel que depois descobri ser o Mar Ipanema. E pensar que foi em Ipanema que minha vida no Rio de Janeiro começou, há tanto tempo. Assustado, vi a fã e a editora ressonando a meu lado, e tentei descobrir o que acontecera desde a última noite. Pouco antes das onze, eu ainda olhara para o relógio e me lembrara que deveria estar em casa, esperando a ligação da minha mulher. Eu era o último terráqueo sem celular e, quando não queria, não podia ser encontrado. E isso era bom. Os paranoicos também têm inimigos, conforme alguém disse certa vez.

Em vários momentos senti vontade de me curvar ao aparelho. Mas evitei. Por coisas profundas como a necessidade de me comunicar com minha mulher em determinados casos, e por banalidades como o toque antigo que eu ouvira no BlackBerry de uma amiga. Imaginem, um telefone moderníssimo como aquele lançando um trim-trim ancestral. Isso sim é que era poesia!

Ainda bem que eu dissera à minha mulher que iria ao lançamento, que não poderia deixar por menos e me mostrar acovardado diante da provocação do convite. Depois de ela ter me dito que eu não me metesse em encrencas, ainda falei que se eu não estivesse em casa às onze ela fosse dormir, sem problemas, afinal de contas precisava estar inteira para a continuação do curso no dia seguinte, e que poderíamos nos falar em algum momento do intervalo, no referido dia seguinte.

Olhei o relógio, oito horas da manhã. Cocei meu pé. Engraçado, eu vivia tanto tempo em casa, e quando ficava de sapatos algumas horas meus pés comichavam. Sempre. Levantei praguejando, me vesti a torto e a direito, olhei pela janela, vi que o andar era baixo, dispensei o elevador e desci as escadas correndo. Peguei um táxi, cheguei ao meu prédio, busquei a entrada de serviço, peguei o elevador de serviço, o porteiro era atento, os apartamentos eram poucos, e eu não queria dar margem a nenhuma desconfiança.

Ao entrar em casa, vi a secretária eletrônica piscando com dois recados. Um perguntava como fora o lançamento e me desejava boa-noite, outro me desejava bom-dia e perguntava se eu levantara cedo e estava andando no Aterro, pra terminar dizendo que voltaria a ligar às dez e meia, na hora do intervalo.

Não foi nada, não foi nada, não foi nada.

Não foi nada.

Passo por cima dessa e tudo volta ao normal. Calcei meus tênis, nem cheguei a tirar as luvas, vesti minha bermuda, tudo normal, e saí correndo pra um exercício mais breve. A rotina voltaria como se nada tivesse acontecido desde que eu a interrompera involuntariamente na noite passada.

Involuntariamente?

No banho que ainda tomei antes da ligação do intervalo, vi que havia esquecido dentro do boxe a gilete rosa com fita lubrificante que pegara na gaveta dela e corrigi o erro que ela talvez nem percebesse. Ela era distraída, mas nessas horas não é bom meter a mão em cumbuca. E mesmo a vida dos macacos velhos é cheia de perversidades. Por exemplo: por que eu voltara a raspar meus pelos no dia anterior, se não estava pensando em nada? Era um expediente que eu sempre usava, as mulheres gostam do minimalismo imaculado e liso de um órgão ereto. O contato é mais próximo, mais íntimo, e nisso de pelos eu sempre achei que quanto menos melhor. E se eu pedia, também oferecia... Mas por que eu usara a gilete dela, ainda por cima? Havia sido mesmo só por causa da fita lubrificante? Asseado intimamente para as outras, e usando os instrumentos dela.

O horror, o horror, o horror.

Quando ela ligou, fiquei surpreso ao conseguir fingir normalidade, afinal de contas me sentia abalado. Obviamente não contei que bebi, falei que a editora e a fã pareciam mesmo estar juntas, e ainda brinquei dizendo que agora ela precisava salvar minha honra, do contrário eu pegaria fama de fazer as mulheres que passavam por mim virarem lésbicas. Será que não era melhor pararmos com aquelas brincadeiras ao ver a Nigella no GNT? Acabar com as fantasias que sempre acrescentavam mais uma nota, no caso tetuda, a nosso coro em duas vozes? Ela disse estar com saudades. Eu disse que também estava. E nos despedimos prometendo dar boa-noite por telefone.

Às onze horas, como sempre.

Eu consegui trabalhar, coisa que mais uma vez me deixou intrigado. Ora, parecia que não havia acontecido mesmo nada. Mas, quando fui fazer a sesta habitual, não logrei pegar no sono. Revisei o caso tentando apagar eventuais rastros e não encontrei nenhum. Botei a roupa que usara pra lavar, junto com todas as outras, como aliás muitas vezes fazia, e chamei a lavanderia pra pegar meu casaco. Mas ainda me preocupava com a possibilidade de o porteiro ter me visto entrando de manhã sem ter saído antes, lembrando que eu estava com a mesma roupa da noite anterior. Sempre sobra uma nesga que não conseguimos apagar, e a imperfeição está na natureza do crime, sabemos. Perturbação da ordem.

Ainda bem, e isso já havia sido mais por intuição do que atendendo à razão, que eu fizera o maior escarcéu ao sair pra correr no Aterro, dando o bom-dia de todos os dias um pouco mais alto que de costume, tanto ao porteiro quanto ao garagista. Sim, eu sou daqueles que não acreditam de jeito nenhum que o mundo irá melhorar algum dia, mas mesmo assim cumprimento o porteiro com um sorriso todas as manhãs.

## 9

O tempo não passa, o relógio ancestral diz que já são onze e meia com seu toque peculiar. As comichões pararam. Tenho medo de me mexer e fazer que elas voltem. Fixo o teto e sinto meus olhos se esbugalharem, vejo tudo duplo, e me afundo no cansaço sem sono do desespero. O que vai ser de mim? Não tenho mais nada a perder depois de ter perdido o que era tudo pra mim. Como vou poder seguir adiante, se não consigo mais andar sozinho?

Quando minha mulher voltou, no dia seguinte, eu ainda sentia o bafejo do medo e imaginava que ela pudesse descobrir alguma coisa, ver a traição desenhada em meu rosto, por exemplo, ou ouvir o porteiro abrindo a boca pra perguntar sobre algo que não sei se ele viu. Mas tudo entrou nos trilhos e eu comprovei mais uma vez que os canalhas de fato têm um tapete vermelho estendido a seus pés nesse mundo cão.

Nós, os canalhas!

Mais uma vez eu conseguia lavar minhas mãos em inocência, como fazem os alemães, quase pleonasticamente, lá na expressão deles.

Voltamos às caminhadas cotidianas, às caminhadas dela, às minhas corridas. Sim, eu sempre corria um trecho depois voltava, pra não ficar muito tempo longe dela, depois corria de novo e em seguida voltava. E, quando atravessávamos aquela rua perigosa antes do Aterro do Flamengo, eu sempre lhe dava a mão, dizendo, confia em mim. Confia em mim, pra atravessar a rua e a vida...

Voltamos também às saídas eventuais de casal alinhado, ao trabalho normal em casa, àquela união perfeita de vinte e quatro horas por dia, interrompida aqui e ali por uma viagem dela, por uma conferência minha, à qual não podíamos ir juntos. Minha mulher aproveitava pra encher as burras com um mundo doido por filosofia, uma filosofia aplicada no sentido de compensar sua própria ausência de perspectivas, de caiar sua falta de ética, e eu também trabalhava como nunca. Havíamos combinado assim. A sintonia era perfeita.

Fomos felizes como sempre e eu fiquei mais aliviado do que nunca. Sim, porque nas peripécias além da cerca no meu primeiro casamento, nas vezes em que traíra minha segunda mulher, sobretudo na paixão que me jogou nos braços de uma aluna bósnia, eu pouco me importava com eventuais consequências. E aliás fizera muito mais do que trair, simplesmente. Ademais, as uniões logo começavam a tropeçar no mau hálito da realidade, e eu até parecia fazer questão de lhes dar um tombo definitivo o mais rápido possível.

Mas agora era diferente.

De vez em quando eu até pensava se não estávamos trabalhando demais para os nossos sonhos e esquecendo de viver a realidade. Se, apesar da felicidade indiscutível, não estávamos sacrificando o presente em favor do futuro, coisa que eu de repente passara a fazer com sistema, depois de tanta vida sem eira nem beira. Por que eu transformava aquele belo casamento em luta, e continuava vendo no dia a possibilidade de recuperar o tempo perdido durante a noite? Quando comentei o assunto, como ela foi sábia. Sim, tínhamos de cuidar pra não fazer do casamento um campo de batalha, um altar de sacrifícios, isso era perigoso demais. Eu contemporizei dizendo que ambos sabíamos que era por pouco tempo.

Certo dia, ela tinha saído, quase morri de susto. Um dos colares dela se rompeu no banheiro, onde todos ficavam pendurados a uma haste do armarinho, e as contas de âmbar rolaram no chão fazendo estardalhaço. Achei que a casa estava desmoronando, tão concentrado ainda mergulhava em meu deslize nos momentos de silêncio. Aquele barulho concedeu o melhor som de fundo ao descalabro macabro na minha alma, que eu tentava negar a todo custo, dizendo a mim mesmo que estava tudo bem.

Será que eu pressentia alguma coisa? Desde aquela época, penso que, quando se trata de algo verdadeiramente importante, a gente consegue ver mais do que os meros aviões de carreira no ar à nossa volta. Quando ela voltou, eu já estava com o jantar pronto. Sim, porque eu até cozinhava, agora. Ficava muito em casa, mal saía, e aproveitava pra me alimentar, nos alimentar, com mais saúde. E tudo foi como sempre foi. Na cama, depois, o mesmo bom de costume.

Falando em cama, aliás, talvez costume não seja a palavra adequada. A pimenta, que jamais faltara, na verdade aumentara. É o que acontece sempre, nesses casos. Quando a traição é metódica e não descamba para a paixão, quero dizer.

Eu pouco me lembrava do que acontecera naquela noite no hotel, mas não eram poucas as vezes em que tinha a sensação de ter não uma nem duas, mas três mulheres na minha cama de marido honesto. Triângulo que virou quadrado. Nigella se confundindo com a editora, a fã se confundindo com minha segunda mulher, e a atual no comando de tudo, soberana, lembrando a bósnia. Ou seriam quatro? Não seriam cinco? Eu ocupado com uma, as outras duas ocupadas consigo mesmas, até eu por fim merecer atenção tripla e formar com todas um retângulo perfeito sobre o *king size* do colchão, mais rei do que nunca.

Quando o interfone tocou certo dia pela manhã e anunciaram pacote para o senhor na portaria, fui buscar os livros que sempre recebia cheio de curiosidade. Eu ficava alegre a cada chegada do correio, sempre ansioso por novidades. Desde que me conheço por gente, eu tinha prazer em atender o telefone, abrir meus e-mails, receber correspondências. Quando ficava algum tempo sem novidades dessa ordem, começava a ligar pros amigos, a mandar cartas, eletrônicas e manuais. Eu não podia viver sem notícias, sem a atenção do mundo lá fora. E o que eu mais gostava era de receber pacotes.

Ficava como um pinto na quirera, por assim dizer, apesar do caráter fatídico que esses pacotes muitas vezes assumem, na vida e na arte.

## 10

Meia-noite e pouco, e eu à espera da maca, transformando os segundos em ovelhinhas pra tentar dormir, mas acabando sempre por traduzir em verbo interior os acontecimentos dos últimos dias. Meu pé definitivamente parece não existir mais, e eu fico feliz por não precisar ir ao banheiro, pois tenho certeza de que não conseguiria chegar lá sozinho, que não teria ânimo suficiente pra lançar mão das muletas.

Eram livros, ou melhor, um livro: A *crítica da razão cínica* em seu já conhecido tijolaço. Mostrei a obra à minha mulher e brinquei dizendo, olha só, o pomo da discórdia.

Petulante, a editora.

Virei as páginas instintivamente procurando algo que me denunciasse, um bilhete, um cartão, mas não havia nada.

Tão somente o livro.

Voltei ao trabalho sem mais, e pouco depois vi um recado da editora piscando no skype. Recebeste o livro? Espera pra ver a edição especial que estou preparando... Eu não me dignei a responder. Então ela mesma se encarregara de mandar o livro pelo motoboy? E agora estava confirmando o recebimento, a fim de cultivar seu sadismo? Será que ela não tinha mais o que fazer? E que negócio era aquele de edição especial?

Sentindo o medo me roer por dentro, tentei seguir trabalhando. Quando não consegui, convidei minha mulher pra sair. Ela se surpreendeu. Hoje, assim de repente? Estou esquecendo alguma ocasião especial? Não? Mas é claro. Vamos lá.

No dia seguinte, voltei à tradução que me ocupava, tentando recriar pra violão aquela música que fora escrita pra violino. Mas a melodia não vinha, e o verme da suspeita continuava dilacerando minhas entranhas. Edição especial? Quando a concentração já se mostrava impossível havia duas horas, eis que o skype pisca de novo revelando a capa de A *crítica da razão cínica*. No canto inferior direito, um selo em amarelo, indicando "edição especial".

Mas o que era aquilo? Será que a editora fizera um *e-book* do livro? Não, claro que não. Devia ser material informativo, propaganda numa versão nova, pouco usual no Brasil. Coçando as orelhas em fogo, cliquei no *link*, abrindo o documento. No lugar em que estava o prefácio de Sílvia Pimenta, na edição original, aparecia outro texto, assinado pela fã e pela editora. Elas diziam que as coisas não ficariam assim, que se eu me gabara de fisgar minha mulher com a tradução de A *crítica da razão cínica*, e depois desistira de traduzir o livro por ter atingido meu objetivo sem necessitar das muletas da obra, agora que ele era publicado na tradução de outra, aquilo que começara por causa dele entre mim e minha mulher tinha necessariamente de acabar. Não parecia óbvio? Razoável, como eu sempre dizia? A edição especial, fartamente ilustrada, estava pronta. Depois da primeira foto, me recusei a continuar virando as páginas do pdf. Só não existe mesmo inveja onde não há valor, eu pensei, atordoado em busca de porquês, e já querendo lavar as mãos logo de cara, desconfio.

O que fiz, no entanto, foi responder pelo skype perguntando se ela acreditava que uma chantagem de baixo calão como aquela seria capaz de acabar com o que existia entre mim e minha mulher. Se ela achava mesmo que nós não conseguiríamos superar a crise que ela tentava inventar pra nós. Se ela pensava que nosso amor era tão pequeno a ponto de cair ao primeiro e insignificante tropeço. Em que mundo ela vivia? Estávamos no século XXI, em que todas as pessoas pressupõem, interiormente, que o amor se tornou líquido. E o meu, ademais, era sólido, ainda era sólido. Eu seria capaz de prová-lo à minha mulher, ela podia ter certeza disso. Eu pediria perdão de joelhos, como de fato sentia vontade de fazer, porque estava realmente arrependido, e choraria as lágrimas que até agora sempre conseguira esconder. Não contados os momentos em que chorar dava lucro, claro.

A editora respondeu com uma dessas gargalhadas virtuais. Está sentindo o pepino? E disse que a edição especial, aliás baratinha em sua versão eletrônica, viva a tecnologia, não previa apenas um exemplar, e nem de longe seria mandada apenas à minha mulher. O anonimato virtual garantia uma distribuição cirúrgica a todos os principais jornalistas do país. Minha esposa, ela chegou a botar um circunflexo nos três "ooo", não era uma pessoa pública? Eu não me gabava disso? Não zelávamos tanto pela nossa imagem? Como a minha "espôôôsa" seguiria dando aulas de ética em instituições respeitadas de índole algo careta depois de um escândalo daquele quilate com o marido tradutor, ensaísta e filósofo, conforme alguém se atrevera a dizer, outro dia? Ora, filósofo...

Eu repliquei que ela não era louca de expor assim sua própria imagem, de jogar aos porcos seu trabalho de editora sem mais nem menos, só pra me atingir. Ela parecia estar com a resposta pronta, pois mal eu digitara a minha, ela já foi dizendo que eu estava redondamente enganado se pensava que ela queria me atingir, que eu mais uma vez estava me dando importância demais, e me perguntou em seguida se eu era daqueles que acreditavam que o vídeo de Paris Hilton caíra na internet por acaso e contra a vontade da vedete hodierna. Em termos práticos e pra resumir: será que eu não estava a fim de calcular, eu, que sempre gostara tanto de calcular, quantos exemplares a mais de *A crítica da razão cínica* ela venderia só por causa da edição especial? Do estardalhaço que ela causaria? Ela não tinha nada a esconder, ora bolas, e sabia ser coquete com sua própria imagem, capitalizar as perversidades da mídia...

Eu desliguei o computador, furioso, sem me preocupar em fechar nenhum dos programas, sem medo de perder o que eventualmente não salvara no documento aberto da tradução em que estava trabalhando. O que essa cadela estava querendo? Francoatiradora ela era, não tinha marido, não tinha filhos, e parecia pouco se importar com os pais riquíssimos. Não se importava mesmo, gostava da máscara de ovelha negra! Mas não podia estar fazendo isso por mim, tenho certeza. Não era porque me queria, porque fazia questão de mim, ou algo assim. Não podia ser. Não mesmo. Mas o que seria, então? Sádica ela era, eu sabia muito bem, embora fizesse questão de gozar sentindo dor, muita dor, a puta. Uma dor que eu sabia lhe aplicar muito bem, é verdade, virando-a de ponta-cabeça.

Vai ver a resposta estava no prazer de jogar, que eu também constatara nela, e que nós dois sempre havíamos cultivado tanto em nossa relação espúria. Sim, o prazer de transformar tudo em jogo, de jogar inclusive com a vida dos outros, que eu também já senti, tenho de dizer, mas que tentei abandonar depois de ter encontrado meu caminho. Só podia ser isso. Só o prazer de jogar era capaz de explicar a atitude dela, do contrário ela também poderia sair logo se exibindo com o vídeo e capitalizar meu deslize de uma vez por todas. Não dizem que depois do fim de toda e qualquer orientação, a única coisa que dá sentido à vida é o jogo? Minha editora dava provas disso em todos os gestos, e agora parecia querer levar o jogo às últimas consequências. Às minhas custas, coisa que por certo apenas botava um tantinho a mais de pimenta na diversão, dava um pouquinho mais de caldo. Sem contar que de quebra ainda poderia transformar sua perversidade em dinheiro vivo...

O caráter razoável da minha constatação não diminuiu minha angústia.

Muito pelo contrário...

## 11

A pancada seca do relógio, tonitruante na solidão, assinalando uma da madrugada, me fez sentir o aparelho circulatório de novo. O coração respondeu à pancada com uma série de baques rápidos e demorou a se acalmar. Absurdo, um relógio como aquele. Ainda por cima num hospital! Maldita mania de dar caráter novo a alguma coisa acrescentando um objeto antigo. Falta uma hora para as duas, e eu sinto que agora sou um, se é que ainda sou um, inteiro, tão um e tão só quanto nunca estive, que sou um, único, e não conseguirei voltar a ser dois jamais, dois em um, e ainda pressinto que onde tive dois a me sustentar passarei a ter apenas um, que a cirurgia traduzirá a realidade amorosa numa metáfora corpórea perfeita, dolorosamente vital. Que, se gostava tanto de correr por aí, nunca mais poderei andar sozinho...

Quando o telefone tocou, eu sabia que era a editora e já tinha certeza de que ela não largaria do meu pé. Tive de mostrar a maior ginga pra atender sem despertar desconfianças naquela que estava ao meu lado. Sempre estava ao meu lado, parecia.

Repito. Tens uma opção, livro publicado, jogo encerrado, em todos os sentidos.

Jogo, ela disse. E eu vi que tinha razão!

Ela mais uma vez falou que se eu usara o livro pra garantir que eu e minha mulher ficássemos juntos, se me recusara a trabalhar nele quando ele se mostrara desnecessário para tanto, agora que ele fora publicado a nossas expensas na tradução de outra nós simplesmente tínhamos de nos separar. Razoável, não te parece?, ela repetiu agora em viva voz, como a não querer deixar dúvidas. Assim são as coisas, e não há choro nem coro, conforme ela disse, ou eu pensei que ela disse, talvez eu apenas tenha pensado que ela disse e simplesmente traduzi meu sentimento à língua dela, lembrando uma metáfora corrente na minha infância do interior missioneiro. Do contrário, as cópias da edição especial seguem imediatamente a seus destinatários!

Jogo perverso!

Eu só assenti com murmúrios, e com murmúrios pedi algum tempo.

Três dias.

Voltei à edição especial, encucado com a confiança dela. Virei duas ou três páginas e então vi! Aquilo que eu pensava ser uma canastra, na verdade era uma canastra real, uma natural, limpa, limpinha. Vi que ela ainda segurava o curinga nas mãos e que o jogo estava mais do que perdido pra mim. O triângulo era um quadrado, na verdade, e eu estava longe de ser o galinho soberano em meu poleiro. Muito pelo con trário... Deus que me perdoe, mas minha crista agora estava mais caída do que nunca, fora cortada, cortada pela raiz. A que ponto eu chegara? Como aquilo pudera acontecer? E eu que sempre dissera, arrotando, que nessas coisas de cama um homem a menos de cinco metros de distância era necessariamente um homem morto!

O que me restava fazer? Fiquei dois dias sem dormir. Pensei até em matar a editora, não era a primeira vez que eu pensava em matar uma mulher. Desisti em seguida. Mas quis tanto que ela morresse num acidente, por exemplo...

O bom de um jogo é que ele tem regras, e a única maneira garantida de evitar a desgraça era fazer o próximo movimento, cumprir a ordem.

E bolei uma história.

Menti.

Eu menti, minha querida.

Menti.

Inventei uma mulher pra proteger a nós dois, pra te proteger, sobretudo. Duro ter que ser duro, evitar todos os carinhos que tive vontade de te dar nos últimos dias, só pra não te fazer sofrer ainda mais. Mais duro ainda dizer que tua luta seria em vão, quando insististe que não me largarias assim no mais, falando que te recusavas a abrir caminho pra outra sem finca-pé, que eu não podia estar falando sério. E muito, mas muito mais duro ainda dizer que não adiantaria nada, que a mulher era ideal, que eu não conseguia mais imaginar minha vida sem ela, que a história já rolava fazia algum tempo, que o rompimento era necessário, até mesmo pra me fazer quebrar a cara, caso eu estivesse fantasiando, conforme ainda falei, tentando contemporizar.

Furiosa depois de tantas tentativas, após tantos detalhes, me expulsaste de casa, mandaste eu sair naquela noite mesmo. Ainda sugeriste o hotel. Eu perguntei se tinhas certeza que era melhor pra ti se eu fosse, tu ficaste em dúvida de repente, e me mandaste ao quarto de hóspedes até o dia seguinte.

Que noite de angústia, que dor sem fim...

## 12

É quase uma e meia da madrugada e eu começo a contar os segundos, seguindo os tiques rombudos e tocantes do relógio. Um, dois, três, quatro, cinco, o que farão comigo?, seis, sete, oito, pouco me importa, nove, dez, será que minha vacina de tétano está mesmo atrasada?, onze, doze, treze, catorze, quinze, aquele hotel infecto onde fui me meter, dezesseis, dezessete, dezoito, só podia ter sido ele, porque não fui ao que ela me recomendou?, dezenove, vinte, vinte e um, viva o hotel! Contei até mil e pouco depois me perdi no véu de minhas próprias lágrimas...

Não me deste nem o último presente!

Saí de casa um dia antes de completar trinta e cinco anos. E foi duro. Doeu. Doidamente. Saíste antes pra não me ver de malas nas mãos. Não consegui me arrumar antes da vinda da empregada, a quem anunciei a separação tentando me conter, mas já chorando. Ela caiu de joelhos à minha frente e gritou não faz isso, não faz isso, vocês se dão tão bem, vocês se gostam tanto, eu conheço ela desde pequenininha, vi ela crescendo, sempre ajudei a cuidar dela, vocês são como filhos pra mim, ela nunca deu sorte com homem, e com vocês tava tudo tão bem, eu tava tão feliz por ela, feliz por vocês, eu sei que vocês se gostam, que vocês se amam, sei, tenho certeza.

Eu chorei também, disse que tudo talvez fosse passageiro, que continuaríamos amigos, ajudando um ao outro, que ainda nos veríamos muitas vezes, que ainda daríamos muitas risadas juntos, que ela ainda prepararia a comida de nossos jantares festivos, enquanto lágrimas saltavam molhando meus óculos, fazendo garças voarem no pântano turvo que se formou diante de meus olhos.

Saí arrebentado.

Cheguei ao hotel arrebentado.

Passei o dia arrebentado.

À noite, chorei como acho que só chorei no dia em que perdi minha mãe, ainda criança, na distância agora infinita do interior missioneiro.

Ó rio Uruguai, me engole com tuas águas! Me deixa aumentar teu nível com minhas lágrimas! Ó inferno de Anharetã, me suga de volta ao teu seio, ao seio da tua solidão silenciosa, à casa ancestral que um dia foi minha. E chorei sozinho, sem ninguém por perto! Choro sem função, sem objetivo, choro só choro. E choro imenso, infindo, molhado. Terrível, doloroso.

Ouvi o burburinho da avenida Atlântica e o barulho do mar, sufocado e sem ar durante a noite inteira, ainda que tivesse deixado as vidraças abertas, coisa que sempre evitava, com medo de pegar algum resfriado. Caminhei pelo quarto, parei à janela, vi a linha das luzes desenhando o alcance das águas, ondas caçando ondas, e eu me afogando em minha própria desgraça. E ainda tive de comunicar que saíra de casa, atendendo à exigência metódica da maldita editora. Cadela! Sair não basta, quero ver não voltar. A edição especial continua engatilhada. Te mexe, pra ver o que acontece...

Só me deitei bem tarde. No dia seguinte, percebi as manchas de sangue no lençol branco e pouco me importei. Sem me dar conta, quase sem me dar conta, eu me coçara tanto a ponto de abrir lanhos no pé direito, literalmente dilacerá-lo perto dos dedos. Só lembro que em dado momento, em meio à coceira, chegou a me ocorrer que eu estava dando caráter físico a uma sensação, que achava justo dilacerar meu corpo quando minha alma se encontrava assim em pedaços.

Botei meus sapatos e tive de usar as meias do dia anterior. Na pressa de arrumar a mala, eu esquecera a minha própria recomendação, que te ensinei a aplicar antes de qualquer viagem. Percorrer mentalmente o corpo da cabeça aos pés e averiguar se havia peças para todas as suas partes na mala. Os pés vieram, as meias ficaram.

Onde estás, quero te ensinar tanta coisa, quero aprender o mundo contigo!

Saí pra tentar tomar o café, mas nem o leite passou pelo nó da minha garganta. Me dei conta até de que tinha esquecido de usar as luvas. Depois perambulei por Copacabana, de repente sem graça, sem vida, inerte. Eu precisava trabalhar, voltei ao quarto e tentei fazê-lo, o prazo estava se esgotando, aquela nova tradução tinha de ser entregue. Dessa vez era a tradução de um livro que eu mesmo apresentara à minha nova editora.

## 13

Dez minutos e o mundo vai acabar. O mundo já acabou. Já acabou há muito tempo. Cadê o chão à minha volta, por exemplo? Será que botaram alguma coisa no meu soro? Por que tudo parece tão anuviado, por que o que está fora de mim perde seus contornos repetindo o que sinto por dentro? Por que as sensações não chegam mais até mim? Quem sou eu, sem minhas sensações? Quem sou eu, sem ela? Quem sou eu, sem mim?

Entregar a tradução...

Mas não havia como.

Avancei poucas linhas e rebentei em choro quando cheguei a um trecho em que a personagem principal, bisneta dos niilistas, desafiava seu professor dizendo que às vezes ficava em pé na linha divisória entre duas pistas de corrida, e que a linha não era mais larga do que um meio-fio ou do que a listra central de uma estrada qualquer; que ela colocava pé ante pé sem pisar do lado, sem balançar, sem sentir dificuldades com o equilíbrio; e que, enquanto o fazia, imaginava que essa linha era uma crista estreita, a cumeada longa de uma cadeia de montanhas, e que à direita e à esquerda dela havia precipícios de milhares de metros; que imaginava como a cena pareceria se vista por alguém de fora: um ponto ínfimo, móvel, bem alto, sobre a crista de uma parede rochosa; e concluía filosoficamente dizendo que a vida era um movimento permanente sobre essa linha, que enquanto acreditamos que se trata de um risco pintado entre duas pistas, caminhamos calmos e seguros, mas que assim que reconhecemos que se trata da crista de uma montanha que conduz por sobre um abismo sem fim, começamos a cambalear e imediatamente estamos em perigo, ameaçados de morte; pra arrematar, a personagem ainda dizia que tinha um defeito de nascença, que lhe faltava a capacidade de esquecer o abismo. Não tive mais forças pra continuar registrando na letra da tradução o que estava lendo, e fiquei apenas na elaboração mental, deslizando os olhos entre lágrimas, molhando cada uma das páginas que virava aos poucos. Quando o professor respondeu à personagem, menina sem qualidades, três capítulos adiante, que quando duas pessoas, cada uma sobre sua linha, correm de mãos dadas pela vida afora, elas formam, juntas, o quadrúpede de uma entidade estável, e jamais cairão, mesmo que saibam do abismo a seus pés, eu fui até a janela e avaliei a altura que me separava das calçadas famosas de Copacabana.

Podia não ser fatal. Eu estava no quinto andar.

Como seguir dando vida àquele livro, ajudar a autora em seu caminho no Brasil, se eu perdia minha própria vida no ralo de uma separação e já não conseguia andar por minhas próprias pernas?

Toda vez que eu parava pra pensar, e eu só conseguia parar pra pensar, rebentava em choro. Tudo me lembrava de ti, o mundo estava associado a tua imagem, a teus gestos, a tua voz. A teu cheiro. Me peguei tantas vezes seguindo regras tuas, que eu antes desprezava. Fazendo o que tu fazias, traduzindo nos meus os passos que tu davas, embora o chão se mostrasse bambo a meus pés, e eu sentisse toda a imensa dificuldade de seguir adiante sozinho.

Quando tomei banho pela primeira vez no dia seguinte, me peguei desligando o chuveiro na hora de me ensaboar. Tua consciência ecológica! A torneira pingando me fez chamar o serviço do hotel. À noite, tive de levantar pra fechar o armário, apesar da inércia. Conferi três vezes se a porta do quarto estava de fato trancada. Tua paranoia! Será que eu conseguiria olhar para a vida com mais respeito algum dia? Aprender a divisar os limites da minha alegada onipotência?

Ora, ora, eu já não era um verme rastejando encolhido no mais eterno dos infernos?

Apredemos a amar quem vê que somos idiotas. E tu foste sempre tão sábia, muito mais comigo do que contigo mesma. Sabias sempre o que dizer pra mim, quase nunca o que fazer por ti. Incrível como eras insegura, ansiosa, um poço de aflição. Como ficar sem ti? Me deste tudo, aprendi a te dar o que eu tinha de melhor. Como poderei sentar sozinho a todas as mesas do mundo depois de ter escolhido uma contigo pra nós dois? Tão bonita, a nossa mesa! Como viver vendo teu nome receber boa-tarde na tela do computador depois que uso o cartão do supermercado? Digitando a senha do teu nome pra acessar meus e-mails? Olhando teu sorriso cheio de beleza e espontaneidade toda vez que abro meu skype? Encontrando na cabeceira da cama o livro que Ingo Schulze ainda dedicou a nós dois?

*Adam und Evelyn*. E eu fui expulso do paraíso...

Como ficar sem ti? Eu preciso de ti pra ser o que sou em minha melhor versão. Eu preciso de ti inclusive porque precisas de mim. Quebrei todas as minhas lanças por ti. Dei moldura à abstração disforme do teu quadro, orientei tuas capacidades, estruturei teus objetivos. Te dei um nome até, antes mesmo de estarmos juntos, depois ajudei teu nome a alcançar prestígio, injetando confiança no cerne do teu ser.

## 14

Ainda consigo ver que faltam treze minutos. As imagens e lembranças ficam cada vez mais vertiginosas, as garças diante dos meus olhos tapam o mundo com suas asas, e eu traduzo o que penso agora pra mim mesmo, mergulhando no pântano que me turva a vista. O tempo antes da narcose é pouco. Quem sabe se a anestesia não terá compaixão de mim, me acolhendo suavemente num abraço fatal?

Saí de casa há sete dias, há cinco meu pé começou a doer onde o arranhei. Dei uma olhada e vi um inchaço ao qual não dei a menor bola. Quando se formou o primeiro caroço azulado num dos dedos menores, eu achei que não valia a pena ir ao médico, e senti que descer à farmácia era demais pra mim. Há três dias notei que a pele vermelha ficava branca quando eu contraía e distendia o pé, há dois percebi que mais um punhado de caroços de tom azulado estava surgindo por todo o pé e na base da perna, que meus dedos já não existiam, praticamente, enquanto as comichões se espalhavam e eu continuava arranhando sem conseguir resistir. E a íngua? Quase uma bola de bilhar na virilha.

Decidi que era conveniente ir à farmácia que ficava logo ali, perto do hotel. O antibiótico recomendado pelo atendente custava cento e vinte reais, levei o genérico de trinta e poucos. Será que eu estava querendo dizer que tentara alguma coisa, mas que ao mesmo tempo não podia fazer tudo o que podia, tudo o que deveria, porque não merecia? Será que me aproximei voluntariamente do abismo, não aos saltos, mas de passinho em passinho? Viva os genéricos, mas no caso de antibióticos eles deviam ser evitados, conforme me disse um dia o dr. Roberto Calmon, meu médico, quando lhe perguntei se podia comprar o genérico do paracetamol pra curar umas dores de cabeça que voltavam, depois de muito tempo.

À noite, esvaziei todas as latas de cerveja do frigobar, mais as que eu comprara no supermercado ao lado da farmácia. Foram várias. Lavei com sabão, cerimoniosamente, todos os tampos das latinhas em tua homenagem, seguindo o que me ensinaste. O mundo está sempre pronto a nos atacar com suas bactérias, seus germens, seus vírus, tu tens razão. Alucinado, abocanhei o feixe de coentro que havia comprado apenas porque tu gostavas, eu que sempre achei que coentro tinha cheiro de fede-fede. Depois peguei a garrafa de vodca, bebi o que consegui sem tirar o gargalo da boca, e em seguida despejei o resto em cima das feridas gritando morram, morram de uma vez, ou me matem sem piedade. Quando acordei no meio da noite, meu pé duplicara de tamanho e os caroços já chegavam ao meio da perna.

Cadê meus dedos?

Tentei ficar de pé, era difícil caminhar. Desci. Na portaria, perguntaram se eu precisava de ajuda. Eu disse que não. No corredor da Galeria Alaska me joguei ao chão, pedindo a companhia dos mendigos que não estavam mais por lá depois que os travestis deram lugar à Igreja Universal. Os dois papagaios da quitanda se acariciavam com o bico, amorosos em plena madrugada, gozando a ventura infinita de sua gaiola.

Consegui me arrastar de volta ao quarto, despertando mais uma vez a atenção do guarda, na portaria, e ao chegar ao banheiro vi a toalha de rosto estendida no boxe pra secar. Aquilo não podia ter sido eu. Sempre deixei as toalhas penduradas ao léu em qualquer cabide, sem me preocupar com a umidade. Quem as estendia assim eras tu! Será que vieste até mim, percebeste meu desespero, descobriste o que aconteceu? Vem, vamos viver em segredo o nosso amor, já que publicamente nos obrigaram à separação.

No dia seguinte, não consegui me levantar da cama. Tive de faltar, quis faltar ao encontro com Elmar Altvater pra discutir a tradução e a melhor data para a publicação de seu livro *O fim do capitalismo tal como o conhecemos*.

Que me importam as feridas do mundo?

Quando comecei a berrar, arrombaram a porta do meu quarto e devem ter chamado o pronto-socorro. Dei por mim no hospital, passando por exames, vendo os olhares abismados de uma série de médicos que chegavam, um a um.

## 15

Por que será que a maca não vem? Por que será que eles estão atrasados? Venham cortar meus pés, o esquerdo também já está coçando. Nunca mais poderei caminhar direito mesmo. Nunca mais conseguirei andar sozinho. Eu, que sempre dei muletas aos outros na arte, agora terei de aceitar próteses na vida, caminhar com pés que não são meus, que não são de ninguém. Não poderei contar nem com os pés da minha outra, da minha cara-metade, da minha alma gêmea... Alma gêmea. Tu usaste a expressão quando ainda éramos amigos, lembra, e eu, que não sabia direito o que ela significava e sempre a vira com os olhos da crítica, situando-a no âmbito da metafísica das empregadas, fiquei tão feliz e te amei tanto ao pesquisar o significado no google..

# NO MEIO DO CAMINHO

## 1

Mas, meu Deus do céu, eu acho que matei minha mulher.

Não fui eu quem disse a frase, afinal de contas sou apenas o tradutor. Não tenho, portanto, nenhuma culpa no cartório. Quero deixar isso bem claro. E o coitado ainda diz que era feliz, que a amava tanto...

Depois de cabecear de sono por um bom tempo, funcionar no automático, por assim dizer, eu agora estava mais acordado do que nunca. Aquele era meu primeiro trabalho de verdade. Mudar pro Rio de Janeiro assim no mais já tinha o ar de um baita despropósito. Às vezes nem entendo como as coisas deram tão certo assim.

Deram?

Separado da mulher, eu não tinha pra onde ir, mas queria porque queria picar a mula, dando as costas ao passado. Me decidi pelo Rio de Janeiro porque achei que a decadência do balneário daria uma moldura interessante à minha nova vida sem eira nem beira, e também porque o Rio de Janeiro era o lugar física e metafisicamente mais distante das minhas origens. Era como dar um passo adiante sem sentir a terra por baixo. Mas depois de ter patinado uma vida inteira sem sair do lugar, seguir em frente se tornou meu lema.

Vertigem.

Dos confins interiores, nas missões rio-grandenses de Linha Anharetã, e ouço o nhá-nhá-nhá do grugulejo ancestral martelando em meus ouvidos, à costa cosmopolita do Rio de Janeiro, o salto era grande, e o abismo no meio bem fundo. Mas no fundo eu não tinha nada a perder, no fundo. Justamente. Não é sem pruridos, aliás, que confesso minhas origens roceiras...

Chegando à capital de outrora, fui morar de favor na casa de um poeta polivalente, o Brasil já o chama de pensador, que ficou meu amigo desde que o entrevistei pro jornaleco de Cacimbinhas, no Sul, há alguns anos. Ele logo se empolgara comigo, com minha sabedoria pouco viciada pela civilização, as palavras são do poeta, eu, de minha parte, sempre tento virar o clichê do avesso quando me permito fazer uso dele, e disse desde logo que o dia que eu precisasse, era só bater a sua porta. Mesmo sem cogitar a possibilidade na época, eis-me aqui.

Não é que o dia acabou chegando?

E eu, que sempre vivi na fantasia, preenchendo o vazio da vida interiorana ao observar o movimento de uma estrada deserta do norte da Islândia via internet, resolvi fincar pé na aventura da realidade. Até pra mim o mundo mudou, e eu saí do marasmo rural pra cair no redemoinho citadino, encarando o dinamismo contemporâneo em sua versão menos paulista.

## 2

Na casa do poeta, ocupei o quarto dos fundos sem perturbar a ordem caseira. E tentei me virar sem incomodar a família, ainda que a dona da casa tenha lambido os beiços já no dia em que me viu pela primeira vez, sempre vasculhando os jornais que a empregada deixava na minha porta às três da tarde, em busca de algo concreto a fazer.

Durante meses sobrevivi escrevendo críticas intermediadas pelo poeta, sempre elogiando seus livros, que eu até achava bons, e seus cursos privados de pretensa filosofia, que eu achava ridículos. A maior grana que ganhei foi por um conto que escrevi e ele assinou, publicado naquela revista nova e toda pintosa, com um banco por trás. Trocados somados, dava pra levar a vida, e eu ainda podia me limitar a comer na mesa do poeta apenas de vez em quando, na desculpa convenientemente providenciada por ele mesmo de discutir algum novo artigo a seu favor.

Ai, meu bolso!

Um dia a empregada resolveu me entregar os jornais em mãos. E a sesta que sempre me agradou tanto terminou no paraíso. Bota serviço de luxo nisso! Vip, como dizem. Quando pensei em desconfiar, ela já me derrubava em cima da cama, preparando o maior café com leite. Barbaridade! Meu céu se fez negro de repente e eu nunca gostei tanto de uma tempestade. Um trovão ecoou no horizonte, e o véu do templo se rasgou pelo meio... Quanta diferença em relação ao mundo das coloninhas branquelas, quanta gulodice querendo mais, quanta ação no canavial estreito da cama! Ela vinha a mando do patrão, disse, pra desentupir meus canos. Mas, se eu quisesse, ela poderia vir sempre.

E veio.

## 3

Mas não é que dia desses a dona resolveu me trazer os jornais pessoalmente?

Trouxe, entrou e deitou.

E prometeu voltar.

Ficou, por assim dizer.

A verdadeira balzaquiana hoje em dia é a mulher de quarenta anos, e aquela viera de baixo e aprendera a fazer de tudo, em cima. Vi mais uma vez que não existe coisa melhor do que uma égua experiente pra se aprender a cavalgar direito. Quantas novidades o Rio de Janeiro me oferecia! No interior, onde fiquei até os vinte e lá vai pedrada, eu tinha pouco espaço moral e geográfico pra fazer o beleléu de alguma invenção que tivesse a ver com as coisas de baixo. Foram várias as vezes em que escapei por um triz do escândalo.

Velhas vizinhas de olho vivo...

E agora, com a madame engatada no meu gancho, batendo roupa todos os dias na tábua treinada da minha barriga, sim, porque no fundo quem cavalgava era a égua, e a cavalgadura era eu, no caso, o que eu poderia fazer? Decidi que por via das dúvidas seria bom conseguir alguma independência, o terreno parecia estar ficando pantanoso demais.

O quartinho dos fundos tremia, e eu tinha medo de que os gritos ecoassem na casa-grande. O meu bem-bom podia acabar, correr na praia de manhã pra manter o corpo em dia, trabalhar só de vez em quando na hora em que o ócio já começa a incomodar. Afinal de contas, não sei em que medida o poeta sabia da volúpia de sua digníssima. Alguém me garante que depois de ter mandado a empregada na condição de patrão, ele também mandou sua mulher na condição de marido?

Aquela cidade era vadia, vi logo, mas nem todo carioca tinha de ser adoidado como eu. Era bom demais pra ser verdade. A mão do sujeito raramente encontra a luva das circunstâncias assim tão preparada neste mundo dissonante. E o diabo, como se sabe, não caga duas vezes no mesmo lugar.

Ademais, a cautela da madame atiçava os cachorros da minha atenção. Possessiva, além disso, ela me proibiu de aceitar os afagos pretos e suculentos da Clotilde, e acabou com as visitas da empregada à minha senzala. E quando eu era apresentado como um bicho raro nas festas do poeta, fazendo as vezes de bobo culto da corte diante de eminências como Luiz Costa Lima, ela sempre cuidava pra que os olhares das senhoras interessadas não dessem uma esticada até a moita de um dos vários cantinhos da casa. Matias, matador de tias, ela chegou a me sussurrar, certo dia.

Em pasto alheio eu tinha de me contentar com umas roçadas aqui e ali, e as madames não perdiam chance. Varas boas pra colher frutos altos como aqueles pareciam em falta no mercado de São Sebastião. Complexo de panda, conforme li por aí outro dia. Animais com muita preguiça e um pauzinho de alguns poucos milímetros, que mal garante a penetração quando o empenho é muito. Mas podem deixar, eu tomo as providências necessárias pra evitar a extinção da espécie...

A nova situação me fez encarar o caminho aos classificados com mais seriedade. O primeiro emprego que tentei me fez desistir da esfera privada. Aproveitando a beleza da minha letra e o talento que resultou em alguns quadros pintados na adolescência, fui trabalhar de cartazista num supermercado daqueles chiques da Zona Sul, e depois do terceiro atraso, ora bolas, tive eu mesmo de fazer o cartaz anunciando a contratação de um novo cartazista, e depois pedir as contas. Bom, assim. Aquela gente era porca demais pras minhas pérolas, apesar dos cafés da manhã chiques e do supermercado adquirindo cada vez mais o estatuto de lugar de encontro e parque de diversões.

Mas imagina se eu fosse um pobre coitado? Se eu não tivesse o refúgio garantido do poeta? Um cartazista obrigado a fazer o cartaz que anuncia a contratação de outro cartazista, que o substituirá? E capricha na letra!, ainda ouvi, antes de começar. Viva o capitalismo em seu motor mais turbinado.

Eu já tinha decidido entrar na fábrica dos concursos e agarrar o primeiro que viesse, pra depois subir a escadinha do funcionalismo aos poucos em terreno seguro. Me sentia como uma águia caçando moscas, mas que fazer, melhor as duzentas moscas de um empreguinho burocrático no bucho do que o pavão misterioso de um romance campeão de vendas, que pra mim ainda estava escondido sei lá onde, embora eu sempre tivesse pensado em me tornar escritor...

Até surgir a primeira oportunidade de um concurso, a certeza de ser aprovado era absoluta, eu precisava ganhar a vida além das críticas aqui e ali, de mais um continho safado que escrevi pro poeta assinar depois que a madame me fez visitar a Grécia antiga sobre um catre de Ipanema.

No Rio de Janeiro, eu não precisava nem procurar.

A novidade vinha ao meu encontro a galope, de braços abertos, ou, pra evitar mais uma metáfora nessa plantação de figuras, de pernas abertas, bem abertas. À francesa, uma boa espanhola aqui e ali, viva a Grécia, e eu podia esquecer as festas suecas sobre o feno nos galpões da querência.

## 4

Liguei por acaso praquela agência que oferecia serviços de tradução e fiquei surpreso quando já depois de três dias me encaminharam pra conversar com aquele homem. O cara era um alemão, e ao me ver já foi logo dizendo *Guten*

*Tag* na maior, me encarando como igual. Fiquei com uma vontade louca de decepcioná-lo dizendo sou brasileiro, sou, sim sinhô.

Conversamos, e aceitei, quase estupefato, a oferta de cem reais por hora, três vezes por semana. Ele também pagaria os serviços de mediação da agência. Meu alemão de colono, curtido no autodidatismo de várias horas ociosas em cursinhos de internet, começava a dar resultados bem práticos.

Empresário, o alemão vinha preparar o terreno, literalmente, para a instalação de uma firma de componentes automobilísticos de alta tecnologia na região de Resende. Meu papel de tradutor não seria oficial. Nas negociações ele era acompanhado por uma guria alemã contratada pela firma, que apesar da loirice já aderira por dentro e por fora ao comportamento local, pelo que vi. Eu acompanharia o alemão nas consultas ao analista.

Ele disse que na Alemanha ninguém podia sequer insinuar alguma fraqueza no meio duro em que atuava, e ele não queria dar a mínima chance ao azar de ser descoberto entrando em algum consultório. Viva a privacidade num mundo em que se publica tudo. Achei estranho quando ele acrescentou que, ademais, os psicanalistas na velha acepção do termo eram bem raros no país, e que ele gostava de vir ao Brasil também por causa disso. Ora, ora, Freud não era alemão? Austríaco, quero dizer, o que vem a dar no mesmo... Baita inversão, essa. Então quer dizer que a coisa nasce por lá e vem crescer por aqui?

Bem que já estava achando que eu devia ser o único morador da Zona Sul do Rio de Janeiro que não fazia análise.

Quer dizer, mais que crescer, simplesmente, a gloriosa árvore da psicanálise parecia ter lançado suas raízes mais potentes e alcançado suas versões mais frondosas em terras cariocas. As madames só falavam nisso, e os homens sempre tinham o que dizer a respeito. Até filosofia virava psicanálise, e de literatura nem se fala... Com aquela boazuda de outro dia, aliás, do tipo tenho sessenta mas continuo uma ninfeta, até eu me submeteria ao divã.

Mas, voltando ao alemão, agora que vinha pra ficar, ele fazia questão de arranjar um tradutor fixo e de confiança pra tomar conta da tarefa de traduzir seus encontros com o analista. Eu lhe disse na língua de Goethe que sempre soube que em boca fechada não entravam moscas, ou melhor, já que largo o papel de tradutor e assumo o de intérprete ao me limitar ao provérbio brasileiro, dizendo algo que nada tem a ver com Goethe, aliás, o que eu disse, fiel, foi que preferia arrancar minha língua a abrir o bico, como declara a expressão tedesca. Ou será que eu disse que sabia que era a língua que levava o ladrão à forca? Pouco importa, eu disse, e todo mundo entendeu que pode confiar no meu sigilo.

Explico.

É que se Schiller diz: debaixo do meu manto, o rei mato, eu não costumo traduzir simplesmente por: sozinho, cada um faz o que bem entende. Seria muita poesia perdida em favor da mesquinhez da compreensão desprezar os dentes do leitor levando o osso de uma obra todo mastigadinho pra ele, em vez de trazê-lo até o osso e mostrar que às vezes ele também tem de roer pra sentir o gosto das coisas. Pra mim, do outro lado, tem sempre um bom entendedor, e não dedico meus biscoitos finos a bibliotecônomos e cobradores de ônibus.

Pros embasbacados, eu logo me apresso em dizer que sou metido, que não abordo prática nenhuma sem furungar antes na teoria, e foi assim também com a atividade neófita de tradutor. E, aliás, meu rei, não foi Schiller, e sim Cervantes, o autor da frase poética que ameaçou perder tanto de seu sabor em português, ainda há pouco, ao ser desprovida do manto de poesia que a recobre.

Tá lá, no espanhol do Quixote, aliás muito mais próximo de nós.

No alemão, o buraco é bem mais embaixo, asseguro.

## 5

Na primeira sessão, o que houve foi o velho tatear que caracteriza todo início de relação, inclusive as desse tipo, desconfio. No meio dos dois, eu não fiz mais do que apresentações, praticamente. O esculápio da mente era um desses famosos, que ainda há pouco abrira as portas de seu consultório ao jornal, num punhado de fotos.

Me pergunto qual não terá sido a sensação dos pacientes na segunda-feira, depois de terem visto o divã da sua privacidade exposto ao público num caderno de domingo. No mínimo, a de estarem sendo vigiados por mais ou menos meio milhão de curiosos. Mas vai ver que gostam. Vai ver que sentem orgulho. Vai ver que aceitaram sem dar um pio o aumento de cinquenta reais no preço da consulta. E ainda garanto que a crise econômica e as ameaças de inflação por causa do preço das *commodities* viraram argumento malthusiano a fundamentar o reajuste na boca do analista.

Esperto!

A coisa que mais chamou minha atenção na consulta foi a angústia repentina do empresário, que deu as caras aqui e ali, sob o olhar esfíngico do terapeuta. A agilidade, o desembaraço que parecia caracterizá-lo nos negócios foi por água abaixo em cima do divã. A naturalidade com que conduzia o processo da fundação da empresa lá fora parecia se esconder no entulho de uma alma cheia de pendengas ali dentro, no consultório.

## 6

No segundo encontro, o empresário disse em dado momento que também aceitara mudar definitivamente pro Brasil porque sua mulher morrera, mas que não queria falar sobre o assunto. E continuou o discurso reclamando das dificuldades em levantar a empresa, dizendo que muitas vezes tinha de deixar de lado seus princípios pra aceitar as exigências percentuais dos que se metiam no caminho, e que em alguns momentos as dificuldades eram tantas a ponto de fazê-lo duvidar de sua capacidade pra levar o projeto adiante.

Depois de alegar em tom choroso que no Brasil tinha de se virar sozinho, fazer o mundo andar com a alavanca de suas próprias forças, porque as condições objetivas eram mínimas, contemporizou dizendo que isso também tinha seu lado bom, que sendo assim ele podia desatar todo seu caráter empreendedor, e que o Brasil voltava a ser terreno fértil, e ademais confiável, para novos investimentos. Já não diziam nos Estados Unidos que o Brasil era uma potência emergente? Que o presidente era "o cara"? O futuro prognosticado por Stefan Zweig havia enfim chegado, e em pouco nossos dons Pedros voltariam a financiar os Wágneres alemães, por certo.

Mas se pelo menos tivesse alguém do seu lado, e ele não precisasse ficar sozinho em paragens tão distantes. A tradutora que viera com ele só se interessava pelas coisas daqui, os poucos amigos só se preocupavam em trabalhar. Assim como ele, aliás. Quando a viagem durava uma, duas semanas, como no passado, ele até gostava de mergulhar nos trópicos sozinho. Mas ficar tanto tempo? E depois de ter perdido a mulher?

Não entendi muito bem o papel do analista, que quase nada dizia, e só de vez em quando lançava a esporada curta de algum comentário pra fazer o alemão seguir adiante. Então quer dizer que era isso, a tal da análise? Até acho que Eu Mesmo da Silva surtiria mais efeito, por assim dizer, e saberia muito bem dar um punhado de dicas eficazes ao homem, inclusive sobre a hipocrisia de empresários reclamando de uma ordem capitalista que ajudam a construir. E só não me meti a fazê-lo ali mesmo porque as frases do lacaniano eram breves demais pra eu tentar encher com meus conselhos a linguiça do que era dito sem causar desconfiança.

A língua não seria problema, no caso. O empresário apenas arranhava o português, e o filho espúrio de Freud não entendia alemão nem aqui nem na China. Esses caras... Confiam tanto nos tradutores, os coitados!

Foi com temor que o terapeuta me perguntou já no segundo encontro, dizendo que pagava bem, enquanto eu via o círculo de minhas atividades no balneário se espraiando, se eu não podia encontrar pra ele o texto em que o grande Sigmund Freud, o adjetivo bobo é dele, falava do "rochedo da castração". Perguntou com temor, digo, porque ainda outro dia publicara um artigo de catorze páginas numa revista "especializada" teorizando sobre o tema.

Com mil castelos no ar!

O conceito simplesmente não existe.

Ele se assustou quando anunciei o fato no terceiro encontro e pediu boca de siri com uma gorjeta das mais polpudas.

## 7

No referido terceiro encontro, o empresário desatou o choro, e a minha situação pareceu mais patética do que nunca. O que eu estava fazendo, ali no meio? Sim, eu estava no meio, mais no meio do que cusco em tiroteio, eu quase digo, mais no meio do que alguém jamais esteve. Será que eu tinha a obrigação de oferecer um lenço? O terapeuta mais uma vez não fez nada...

Impressionante, o alemão.

Uma soberania sem tamanho, e toda empertigada, bem-vestida, nariz sempre apontando para as nuvens encobrindo um sol do meio-dia. E sem piscar. Na soleira daquela porta tudo acabava, e no divã ele já chafurdava de quatro, perdido na lama de sua própria alma, de bunda virada pro alto, vulnerável como uma virgem no porto. Melhoras, eu não via. Vai ver a coisa tem de piorar, chegar ao referido fundo do poço, no fundo, pra só então começar a mudar.

Bem se vê que o fulano jamais passou fome como os humilhados do terceiro mundo, nem carregou pedras pra fazer mangueira e murinho a fim de evitar que a chuva carregasse a nata da terra pra roça do vizinho, como nós fazíamos no interior missioneiro, à beira do grande rio. Com um salário de quinze mil euros, até eu. Sim, até eu daria chance às minhocas na minha cabeça, às pulgas sedentas mamando atrás das minhas orelhas. E sei do que estou falando. Afinal de contas, também perdi minha mulher. E ainda acho que preferia vê-la morta a saber que fugiu com outro, querendo metade do dinheiro de uma casa que era minha, que fora da minha mãe, dos meus avós, a vagabunda.

Pelas queixas do empresário, eu via que a coisa na Alemanha não andava às mil maravilhas como eu imaginava. Mesmo assim, a situação do país por certo estava longe de chegar à miséria do interior que eu deixei. Meu mundinho missioneiro, ao que tudo indica, devia ter alcançado, e só por causa dos recentes seguros agrários, mais ou menos o mesmo estágio da Alemanha lá pela década de 1950. Os alemães, ao que me pareceu, choram as pitangas de um Brasil inteiro ao verem ameaçadas regalias das quais nós nunca chegamos perto.

Quando o homem disse na quarta consulta que na Alemanha também existia violência, eu achei que ele estava se referindo àquele louco que encontrou um voluntário mais louco ainda, disposto a virar comida, e começou o banquete logo pelo pau do sujeito, assadinho na grelha. Com tanta loucura pra fazer no mundo, os caras se metem logo numa dessas? Cadê o lucro, me pergunto? O do assadinho, sobretudo? O outro, aquele austríaco do porão, eu até consigo entender, nesse sentido. Tinha um objetivo palpável, ao meu ver. E, ademais, o alemão se referiu à Alemanha, e não à Áustria. Esses austríacos...

Quando vi que o referido alemão na verdade se referia à violência cotidiana, já comecei a pensar que ele estava exagerando. Que tentava adicionar um bom mascavo à pílula um tanto amargosa de seu destino brasileiro, e por isso rebaixava o país de onde partira pra tornar aquele que o acolhera mais interessante. Boa, a tática. Mas tenho de dizer que fiquei com vontade de tomar as dores da Alemanha, mesmo sem conhecimento de causa, uma vez que de certo modo ela também era o país de onde eu vinha, embora meus olhos azuis já tenham carregado cinco gerações de sol tropical sobre o lombo. Mas eram as origens distantes que ainda hoje me faziam torcer pra Alemanha, por exemplo, na Copa do Mundo, sempre que o imbecil do Parreira virava treinador da seleção brasileira. Duas vezes, nos últimos anos. Numa delas, deu certo. E como jogaram bem os tedescos em 2006, pareciam até nós no futebol feliz que apresentaram.

Apesar da vontade, traduzi tudo ao pé da letra, seguindo a cartilha ética. E tentei reproduzir o discurso do homem com a maior precisão, coisa que nem sempre é fácil. Me pergunto em que medida todo discurso não vira meu discurso quando a coisa sai da minha boca, das minhas teclas, do mesmo modo que o passado mais distante vira presente quando começamos a recordar, conforme aliás já se disse tantas vezes.

Sobretudo agora, quando meto no papel, quer dizer, na tela, o que veio de entre os beiços do tal empresário há algum tempo, e em língua estrangeira. Nas sessões, o analista às vezes até parecia esquecer quem era o analisado e fazia suas perguntinhas virado pra mim, o distraído.

Ora, ora, como se eu precisasse disso.

## 8

Minha mulher morreu num assalto, disse o alemão na quinta consulta.

Chorou ao falar que sabia que aquele bairro de Berlim era perigoso, mas que não queria admitir sua liberdade subjetiva sendo cerceada pelas condições objetivas de uma realidade a cuja degenerescência ele se negava a mostrar a veia do pescoço. Ele também sabia falar difícil, e eu penei pra me manter fiel ao texto e segurar o nível do discurso. Mas por que ele não abria o peito logo de uma vez? O analista chegou a se ajeitar na cadeira, parecendo incomodado. Enquanto isso, o alemão soltava o verbo e eu me esfalfava tentando acompanhá-lo.

Fácil pra ele, dizer com liberdade o que lhe dá na telha, enquanto eu tenho de procurar equivalentes adequados no cárcere de outra língua, ali no meio dos dois. Dançar acorrentado, era o que eu estava fazendo!

Às vezes, o alemão se empolgava tanto que parecia estar inventando.

Como ele se arrependia, como se arrependia por ter teimado. Ele disse três vezes como se arrependia, mas isso já me parece retórica demais. Parara a Mercedes de madrugada num sinal de trânsito, se fosse no Brasil ele simplesmente poderia ter tocado adiante dando vivas ao jeitinho, falou com raiva, sem se preocupar com multas. E quando sentiu a pancada na traseira foi logo abrindo a porta do carro pra tomar satisfações. Um mais escuro saiu do outro calhambeque já de revólver em punho, era um revólver, não uma pistola, garantiu o alemão, e foi logo dizendo pra mulher ir saindo pra ficar junto dele, do alemão, quero dizer, não do escurinho. Quando viu que perderia sua Mercedes tinindo de nova, que mandara arranjar a gosto, motor e tudo, numa empresa de *tunning*... Só um momento, aqui tive que repetir o inglês, não por fidelidade ao ofício, mas porque não me ocorreu uma versão nacional adequada, se é que existe, e porque tunagem me parece ridículo demais... Quando viu que perderia sua Mercedes, sim, uma Mercedes, uma Mercedes último grito, pois, o alemão disse que entrou em parafuso e agarrou a mão na qual o sujeito, um turco, provavelmente, segurava a arma um tanto relaxado, convicto de que o bem-estar social do alemão não reagiria. Ele disse que fizera tudo sabendo que tinha chances, que era grandalhão, que o turco era baixinho, que conseguiu segurá-lo firme num primeiro momento, mas que ele foi rápido, que conseguiu se virar, que não foi capaz de lhe arrancar a arma, que viu a arma girando pra sua mulher, que viu tudo vermelho de tanta força que fez, que ouviu o tiro, que viu sua mulher cair, que viu o sangue, que ficou louco, que berrou, que mordeu, que chutou, que conseguiu tirar a arma das mãos do turco e que só precisou apontá-la pra ele depois de empurrá-lo de lado e depois puxar o gatilho, que achou bom puxar o gatilho, que ficou satisfeito quando viu a cara estraçalhada do turco e que só daí se lembrou de sua mulher, que correu até ela, que ajoelhou a seu lado, que chamou uma ambulância pelo celular, que não conseguiram fazer mais nada, que a mulher chegou morta ao hospital, que ainda teve de se incomodar com a polícia, apesar de ter perdido a mulher, de ficar sozinho no mundo, já que ele e a mulher, ainda bem, não tinham filhos.

E agora quero ir embora.

Como se alguém o estivesse segurando ali...

Por outro lado, como pode que o analista não disse nada, não fez nada, só baixou a cabeça, deixando-o ir? E se o alemão se matasse no desespero, por acaso? Foi isso que aconteceu, juro que foi isso que aconteceu. Não, o alemão não se matou. Quero dizer que o analista não disse nada, não fez nada, nadinha da silva.

Depois de sairmos do consultório, eu fiquei olhando pra cara em transe do alemão e também não pude fazer mais do que me despedir, garantindo que na sexta-feira estaria ali, pontualmente às sete da noite. Pra uma cervejinha eu achava que não tinha intimidade, ainda, e nesse tipo de relação essas coisas sempre deviam partir do outro, que normalmente pagaria a conta, inclusive. Eu acho que ao mencionar o próximo encontro eu fiz tudo que pude pra animá-lo com a perspectiva do futuro, e ainda desempenhei muito bem meu papel no sentido de garantir a perpetuação dos meus trocados.

## 9

Sexta-feira o alemão ligou pra casa do poeta. Eu não tinha celular. É que, além do pouco dinheiro, hoje em dia é mais distinto não ter celular do que ter, e ademais não sou bobo de permitir que me persigam via satélite por aí. E, melhor de tudo, aproveitei a chance pra meter o dedão do meio por baixo da saia da Clotilde que veio me chamar, e deu um pulinho rindo um pouco alto demais pro meu gosto quando sentiu o apêndice cheio de unha no alvo, a bichinha tava sempre molhada, incrível...

Pois é, o alemão ligou avisando que eu não precisava ir, que cancelara a sessão pois estava muito ocupado com os preparativos de uma festa para a qual convidara todos os interessados no projeto da empresa e mais alguns amigos e autoridades. Se eu quisesse aparecer, aliás, estava convidado. Sim, ele fazia questão. Hoje mesmo, nove horas da noite, horário brasileiro. Anotei o endereço e disse que provavelmente não iria. Não sou cachorro pra ser convidado assim, de última hora.

A festa foi exatamente há uma semana e eu fui. Quando cheguei, às onze, afinal de contas o horário era brasileiro, quer dizer fluido, e não alemão, o recepcionista do prédio luxuoso, na Barra, sorriu logo de cara e pediu que eu por favor aguardasse um instantinho, juro que ele disse instantinho, em seus dois metros de altura.

Enquanto meus olhos azuis abriam portas sem problemas, eu via que os três negros que chegaram antes de mim estavam tendo a maior dificuldade. As folhas da lista foram vasculhadas, os nomes, auscultados um a um, o guarda a três metros de distância atento em sua postura descontraída, com a direita na cintura, *rottweiler* preso à coleira, na esquerda. Finalmente encontraram os nomes e os três negros puderam entrar.

O senhor é filho do sr. Schmidt? Ele disse Ismítche.

Não, sou tradutor dele.

Aquele elevador ali, por favor, cobertura.

Quanto luxo!

Se a casa do poeta no meião de Ipanema, uma das poucas que haviam sobrado, a família era tradicional, já me fazia babar em sua muita areia pro meu caminhãozinho missioneiro de casebres que eram nada mais do que quadrados com telhadinho, uns puxados aqui e acolá, aquilo ali era algo que eu apenas imaginava. E imaginava em contos de fadas. Se bem que a ancestralidade rústica daquela que fora minha, telhado de bico, paredes grossas como as de uma fortaleza, enxaimel, me dava saudades. Mas só a porta de entrada daquele apartamento dava umas quatro de largura das que eu conhecia até então, mais ou menos. Era a classe alta da globalização querendo voltar ao castelo medieval. O fosso contemporâneo se localizava na portaria, e era intransponível ao inimigo.

Ainda bem que eu investira os trocados poupados a muito pão-durismo naquele casaco da liquidação da Osklen, naquela calça do *outlet* da Forum e naqueles sapatos vermelhos da Swains em estado de novo, comprados na cor certa pra combinar com as luvas no Mercado Livre. A camisa da C&A não daria na vista, até porque tinha sido muito bem escolhida. Só me arrependi de ter pensado que passar roupa era mesmo coisa de mulher. Uma vez que tive de ir buscar a camisa no varal e não quis incomodar ninguém, passei só a gola, os punhos e a parte da frente, meio às pressas e por preguiça. O que se via, em suma. Agora mesmo é que não tiraria o casaco de jeito nenhum. E os cabelos cortados em segredo no Ação Global, de graça. Isso é que é ser Napoleão no mundo de hoje. Fiquei espiando algum tempo na tenda dos cabeleireiros, descobri um todo jeitoso, e eis-me aqui, na pinta, e com um penteado maneiro, como dizem.

Adentrei o paraíso e contemplei o inferninho dos empresários, das mulheres vistosas, das bebidas que eu até então só vira de longe e agora podia degustar às bandeiras despregadas. Perto das pingas de alambique que eu conhecia, aquilo eram néctares dos mais puros. Se bem que...

Eu dava um oi aqui um olá acolá, sem conhecer ninguém, assentindo de leve. Pouco falei, e o que eu disse importa menos ainda. Beberiquei provando de tudo um pouco, biquei algum salgadinho e não conquistei a atenção de ninguém. Eu parecia nem existir naquele mundo, deslocado como poucas vezes me senti. Sabes, aqueles momentos em que sabes, sabes muito bem, que tuas armas não servem pra nada na guerra em que te meteram, que tua pólvora bem inventada molhou, e tens a certeza prévia de que o tiro vai falhar? E mesmo assim apertas o gatilho? Bem feito pra ti, se o tiro sai pela culatra.

As mulheres, jovens, apetitosas, estavam todas ocupadas com os maduros, caindo de maduros. Nos ambientes mais distantes, as mulatas sentavam nos colos sorridentes dos magnatas, e o mundo rimava com perfeição na esteira do interesse.

Nem a tradutora me deu sua atenção loira quando saquei pela enésima vez naquela noite, sentindo bater em mim uma vontadezinha louca de voltar à roça ancestral pelas terras de outros pagos. Depois de me dar um fora dos mais impiedosos, eu a vi desaparecer na sacada. Quem vai pagar por isso? Nem cheguei a ficar surpreso quando mais tarde a encontrei num cantinho escuro da piscina sentada no colo de um dos negros e fazendo o serviço oral em outro, de pé ao lado dela, ela toda vestida como os dois, aproveitando o embalo de uma espreguiçadeira. Que sobe e desce harmônico, enquanto eu chupava o amargo do meu dedo, querendo me esconder no coldre...

Em outro quarto, ninguém se preocupava em encostar portas naquele mundo, encontrei o terceiro negro fazendo o serviço numa mulata belíssima sobre o palco de uma cama redonda gigantesca, aquilo era o máximo, enquanto um punhado de velhos assistia de camarote, segurando velas.

O comportamento do sr. Schmidt era impecável. Mais que ouvidos, fazia olhos moucos ao que acontecia na privacidade mais ao longe, conversava a sério com altos representantes do governo estadual e bebia sem parar.

Fui embora quase no fim da festa, só alguns bem íntimos ou bem pagos ainda estavam presentes, quando o sr. Schmidt deu os negócios por encerrados e, depois de se despedir de mim, se retirou sozinho para um dos quartos da casa. Perto da porta, ainda me lembrou de que na segunda-feira as sessões voltariam a ocorrer normalmente. Aquele homem tinha mesmo remorsos, parecia sofrer de verdade, era capaz de cultivar um hades na alma mesmo quando o paraíso imperava no mundinho à sua volta. E eu sempre de Caronte, oferecendo minha barca exígua de mediador entre dois homens, entre dois mundos.

Sumo pontífice de alguns trocados.

## 10

Na segunda-feira, o alemão chegou profundamente abatido. Desde que eu o vira pela última vez, havia quase três dias, parecia não ter acontecido nada. Parecia que ele continuava onde eu o deixara, sem interrupções. Chorando três dias a fio e preenchendo o tempo com suas lágrimas a ponto de constituir uma cena sem cortes no filme melodramático dos piores, ameaçando tragédia, que eu estava vendo.

O analista o recebeu com o aperto de mãos e o sorriso de sempre. Ele contou a cena da morte de sua mulher mais uma vez.

E foi então que tudo aconteceu...

O lacaniano, tenho de reconhecer que de bobo ele não tinha nada, só perguntou se o alemão por acaso não brigara com a esposa. E o alemão, só um pouquinho, já não estou chamando o alemão pelo nome há um bom tempo? Ademais, é a mim que chamam de alemão, embora aqui no Rio de Janeiro os poucos desconhecidos que me dirigem a palavra me chamem de russo, não sei por quê, ou será de ruço? Porque alemão é o mesmo que inimigo, conforme ouvi dizer...

O sr. Schmidt, quero dizer, montou num porco, e o choro se transformou em revolta. Briga?, ele berrou. Que nada, uma discussãozinha boba, só isso.

E por hoje chega.

O sr. Schmidt saiu incomodado da sessão, me pagou à vista, como sempre, sem dar gorjeta nem dizer obrigado, entrou no carro sem oferecer carona e ainda disse que me ligaria pra confirmar a consulta da quarta-feira, dois dias atrás. Fiquei com medo de perder as tetas daquela vaca gorducha, mas logo cheguei à conclusão de que não havia nada a fazer.

A não ser esperar.

E quando não há nada a fazer, um como eu sabe muito bem o que fazer.

Nada.

## 11

Chegando em casa, fui ver meus e-mails no computador reserva do poeta, que eu podia usar quando bem entendesse, mas fazia questão de não alugar por muito tempo na consciência de que, pra tornar longa uma relação humana de parasitismo, a gente tem de pegar apenas os dedos quando alguém oferece a mão, a fim de não perder jamais o braço de vista.

Na caixa de correspondências, o e-mail da minha mulher, ex-mulher, quero dizer, pedindo um encontro em Curitiba, onde ela morava com o outro, a fim de tratarmos da questão da casa. Ela dizia que achava que eu também preferia acertar tudo sem advogados. E, depois, eu podia aproveitar a viagem pra visitar meus familiares, já que Curitiba ficava no meio do caminho e os pais dela disseram que eu estava morando no Rio de Janeiro.

Tá gostando do Rio? A fiadaputa ainda desviava o assunto querendo parecer boazinha, depois de mostrar que estava disposta a acabar com o único cepo, agora distante, é verdade, onde eu ainda poderia atar o pangaré destrambelhado da minha existência. Cadela, fazendo cu-doce, cheia de chocolate num e-mail. E quem disse que eu estava querendo visitar meus familiares? Que familiares? Filho único, depois de perder minha mãe, e que perda terrível, imagina uma criança vendo a mãe morta pelo próprio pai, que ainda se suicida logo depois, uma criança que nunca descobriu os porquês de suas maiores perdas; sim, depois de perder minha mãe e depois de perder minha casa, agora, depois de perder minha mãe e minha casa, pro meu pai eu nunca dei muita bola e o casamento pouco me importava, depois de perder minha mãe e minha casa, pois, eu já não tinha mais nada a perder e, sobretudo, nenhum interesse em voltar praquele interior. Sim, aquele interior fofoqueiro, ainda por cima, em que o mundo era uma narrativa pronta, cujos personagens e façanhas eram conhecidos por todos. Conhecidos? E a força da fábula? E as invenções? E as mentiras? Como se minha mãe não fosse uma santa! A santa das santas!

Desliguei o computador sem responder, e quando quis me deitar na solidão da cama ainda tive de prestar meus serviços, completos, à madame. Haja saco! Em algum momento pensei ter visto a janelinha escurecer com uma sombra, mas deve ter sido algo que encobriu por um momento a luz que dava para a calçada da casa, que servia como uma espécie de corredor até o meu quarto, nos fundos. Uma dessas borboletonas negras, quem sabe, que sempre voam por aí, na vida e na arte.

## 12

Quarta-feira, às sete e dez da noite, Clotilde veio correndo me dizer que o sr. Schmidt telefonara perguntando se eu não viria. O merda por acaso não falou que me ligaria confirmando a sessão? Ele te mandou deixar o ônibus de lado e pegar um táxi, dizendo que vai pagar.

Que bom, não vou precisar esconder minha vergonha de pegar o coletivo, nem me afadigar a pé até o consultório com a dengue rondando por aí. Sou daqueles que têm medo de pegar dengue até no inverno. E detesto esses protetores fedorentos, eles espantam muito mais do que os mosquitos e são toleráveis apenas quando corro na praia e, mais do que nunca, estou disposto a não dar a ninguém, só um pouquinho, já vou terminar a frase, a não dar a ninguém, a não ser a mim mesmo, a atenção diligente do meu suor. Mas isso eu só pensei, fique claro, por que é que eu daria satisfações a uma negrinha, que ainda por cima já se ajoelhou na minha frente? Bom seria se o alemão também pagasse o dano moral, compensando o que penei por pensar que tinha perdido a teta...

Em dez minutos, eu estava no consultório.

O esculápio mental só deu uma olhada no relógio, o alemão fez de conta que não aconteceu nada. Vi na cara do cara que ele se lembrou do que dissera ao se despedir no último encontro. Baixei as orelhas e me fiz máquina, pronto a encarar o papel de reproduzir a relação, sempre me esbodegando em busca da melhor alternativa pra depois estender um véu de leveza sobre a coisa e fazer todo mundo acreditar que o aborto foi fácil. E, confesso, também estava curioso pra ver no que aquilo dava.

Sim, nos últimos dias antes do assalto eles tinham brigado muito. (...) Por quê, o senhor pergunta? Uma série de coisas, desentendimentos conjugais, bobagens. (...) De que ordem? Essas coisas de casal. (...) Sim? Muito tempo juntos, quatro anos hoje em dia é muito tempo. (...) Muito trabalho? Sim, eu sempre trabalhando como um doido, viajando,

viajando sozinho. (...) E ela? Acho que ela não gostava de viajar, acho que também não gostava das minhas viagens, e acho que foi por isso que insistiu em alugar um ateliê, em voltar a pintar. (...) Ela era pintora? Sim, era, mas parou de pintar quando casou comigo. Me acompanhava nas viagens, no começo. Chegamos a morar na Rússia depois do fim do comunismo, rolava dinheiro aos montes. Na Índia, ficamos três meses. E na China, então, quase um ano. O senhor com certeza sabe que o maior temor das democracias ocidentais é o sucesso da economia conduzida pela mão do Estado na China. Reconheço que nós, os ocidentais, nos borramos de medo de que o mundo inteiro descubra, algum teórico registre e um messias divulgue como os países outrora atrás da cortina de ferro patinam democraticamente tentando se desenvolver aos trancos e barrancos enquanto a China vira uma potência de uma hora pra outra nas mãos de um Estado forte. É também por isso que choramos tanto pelos monges do Tibete, sabe, e escondemos que antes da ascendência da China eles viviam na pior das Idades Médias. Vocês sabiam que o Dalai-Lama é amigo do Roland Koch? Mas vocês não sabem quem é o Roland Koch, o governador de Hessen. Vocês não sabem nada mesmo... Como direi? Imaginem o casamento entre George Bush e Pamela Anderson. O produto do coito mal interrompido seria, tanto política quanto fisicamente, o nosso Roland Koch. E ele é íntimo do Dalai-Lama, pra vocês terem uma ideia. Sabiam que ele poderia ter sido chanceler no lugar de Angela, a feia? Ah, essa vocês conhecem. Desculpas, pelos parênteses. Até ao Brasil minha mulher veio junto. Um punhado de vezes. Mas, depois de algum tempo, ela começou a dizer que sentia saudades dos pais e eu confesso que ficava feliz quando ela inventava algum motivo pra não viajar comigo. Será que ela tava me testando e eu caí como um patinho? As mulheres são assim, o senhor sabe. Mas eu abreviava minhas viagens por causa dela. Acho que só uma vez fiquei mais de duas semanas sem vê-la. Eu sentia saudade, sentia saudade mesmo. Confesso até que não era um marido exemplar nas viagens, cachorro quando é solto da coleira não deixa mais nenhuma lebre em paz, mas eu sentia saudade, sentia muita saudade, depois de duas semanas. Vocês chamam isso de "saudade" em português, não é? Era esse o prazo, mais ou menos. E eu sempre voltava, trazia presentes, muitos presentes. E ela? Ela também sentia saudades, acho. A coisa ficava bem quente quando eu chegava, eu virava ela do avesso na volta. E depois de uns três, quatro dias eu tinha de viajar de novo. Mas estava tudo bem, na mais perfeita ordem, arranjado, certinho. (...) Certinho? Não sei como ela foi capaz de me trair, não entendo, não entendo mesmo. Acho que foi tudo culpa desse negócio de ela querer voltar a pintar. (...) Por quê? Não entendo, mas não entendo mesmo. Ela tinha tudo em casa. Eu dava tudo pra ela, não deixava faltar nada. Arranjei tudo como ela queria, mudei o casarão da minha família pra adaptá-lo ao gosto dela. E ela nunca falou em continuar pintando, do contrário eu teria mandado fazer um ateliê em casa mesmo, pertinho de mim. Fato é que sofri como um cachorro sarnento quando ela me contou, cheia de dedos. Mas perdoei, acho que perdoei, mesmo sem saber qual era a intenção dela me contando tudo aquilo. Também, como eu ia poder perdoar de verdade, se a cada momento uma cena de filme, a história de algum amigo, um beijo escondido na rua me lembrava do troço? Como podia perdoar se via o inimigo na cara de todos os homens que cruzavam meu caminho, na voz de todos os que ligavam, nas visitas que ela recebia de vez em quando? Até no carteiro tocando a campainha, como nessas velhas histórias, o senhor imagina? Desconfiei inclusive de algumas mulheres, porque ela não quis me contar de jeito nenhum com quem foi. E ela sempre brincava com esse troço de outra mulher. Não vou dizer que eu não gostava. Gostava, e muito. Mas ela não quis contar com quem foi, disse que isso pouco importava, que não queria me machucar mais ainda. (...) Se não perdoei, então? Perdoei sim, mas me lembrava sempre. Era como uma cicatriz que começa a doer a cada vez que o tempo vira e ameaça chuva. E naquela horta chovia quase todos os dias, toda hora, a cada minuto. Na noite, aquela, até que estava tudo bem. Eu tinha voltado de mais uma viagem ao Brasil, o Brasil sempre foi o lugar pra onde eu mais gostei de viajar, sabe? O senhor não imagina como fiquei feliz, como nós ficamos felizes, nós dois, sim, como nós dois ficamos felizes, quando percebi, acho que foi lá pelos idos de 2004 já, é que nós, os investidores, temos de perceber tudo com antecedência, foi sempre assim, quem vê a árvore primeiro colhe as melhores frutas, como fiquei feliz, digo, quando percebi lá pelos idos de 2004 que o Brasil voltaria à pujança econômica, e ainda por cima com estabilidade. O senhor sabe disso, claro. Tem crise política, e a crise política não vira crise econômica, como sempre acontecia, historicamente. Mas o senhor sabe dessas coisas. Até tem crise lá fora e aqui dentro o Brasil segura as pontas, incrível. O mundo desmorona e o Brasil passa a ser considerado uma potência no exterior. Acho que nunca antes na história desse país, não é assim que fala o presidente?, aconteceu isso. Pois é, nessa viagem ao Brasil, que eu fui obrigado a fazer alguns dias depois de ela me confessar que pulou a cerca, eu lavei a égua... Peço desculpas, mas eu, quero dizer eu, eu mesmo, o tradutor, tenho de interromper pra dizer que o sr. Schmidt não falou que sua mulher pulou a cerca, coisa que até é meio grosseira demais e ele não teria coragem de dizer, mas sim que disse que a mulher foi com estranhos, *fremdgehen*, é a palavra; e ele também não falou que lavou a égua, mas sim que soltou a porca da expressão alemã. E mais: todas as vezes em que apareceu saudade, aqui, ele disse, meramente, *Sehnsucht*, lá na fala dele, menos aquela em que mencionou, em pronúncia aliás péssima, a nossa palavra, todo empolgado... E me senti vingado. Sim, lavei a égua... Ele repetiu que soltou a porca... E me senti vingado. Quer dizer, sofri junto também, sofri muito, sofri como um cachorro sarnento, mas me senti vingado, sim, me senti vingado. Esquisito a gente se vingar sofrendo com a vingança, mas foi isso. Sim, foi isso. Pois é, nós fomos ao cinema, sessão da meia-noite, num bairro que nunca frequentávamos. Mas eu queria porque queria ver aquele filme em que até o Richard Gere é corneado, até o Richard Gere, o senhor sabe, qual era mesmo o título, não lembro, e a mulher se arrepende do que fez, só que pouco adianta, porque o galhudo do Richard acaba matando o amante, que além de comer a mulher dele ainda por cima se mete a gabola nas fuças do cara. No final, o Richard e a mulher param num cruzamento, à direita se vê o distrito policial, à esquerda, o caminho direto pra liberdade do Canadá, era o Canadá, não era?, e o filme termina. Eu tinha lido sobre o filme, sabe, mas não sabia que ele era tão perfeito assim pra ilustrar a nossa situação. Garanto ao senhor que doeu em cada poro, em cada tendão, em cada veia, e o tal do Olivier Martinez virava pintor a cada nova cena. Ele não tem cara de pintor? Sim, porque no fundo sempre achei que a puta da minha mulher me traiu com o pintor que alugou o ateliê com ela. Só pode ter sido com ele, só pode ter sido ele...

Foi quando o sr. Schmidt olhou o relógio assustado e disse que precisava sair correndo. Na calçada, perguntou se podia pagar na sexta, as duas consultas de uma só vez. Como se fosse eu o analista... Sim, sem problemas.

Eu voltei de ônibus e em dado momento pensei que o bicho se abaixava pra pegar os passageiros como faziam os coletivos acolhedores de Porto Alegre, mas era só uma gorda descendo os degraus a sapatear. Só faltou ranger, o busão, conforme diriam os da minha idade, de cujo código parvo não costumo comungar. E a gorda nem tocara o solo com os dois pés quando o motorista arrancou, sempre naquela corrida alucinada que todos os motoristas de ônibus do Rio de Janeiro pareciam disputar consigo mesmos.

Coitada da velhinha, pobre, que embarcara, e nem de longe ainda havia chegado a seu banco.

# 13

E pensar que Claude Chabrol ainda foi capaz de dar aquilo que chamam de "dimensão social" ao filme de 1968. A dimensão social da troca de chifres na sociedade burguesa... Daria uma tese e tanto. E, ademais, como essas histórias se repetem na ficção. Deve ser por causa da realidade. Se repetem tanto que às vezes alguém até resolve filmar a mesma coisa, a mesmíssima coisa. Claro que o jeitinho pode ser diferente e a mão do autor, quando ele é bom, do diretor, no caso, sempre dá um toque especial ao tema.

Esclareço.

Sou versado em filmes, nada mais fácil do que baixar uma película da internet, hoje em dia, porque os cinemas mesmo foram todos comprados pela igreja evangélica no interior missioneiro de onde eu vim. E em Anharetã, ademais, nem de longe havia cinema, eu tinha de ir até Cerro Largo, antes de a Universal aparecer. Pois então.

O filme de Adrian Lyne referido pelo alemão na sessão das sete, estou falando da sessão de análise, claro, é uma imitação mais barata do clássico francês de Chabrol, aquele da dimensão social. Ainda que eu também tenha minhas restrições às francesadas do meu amigo Claude, fique claro.

Ora, ora. Como se esse troço de cornear e ser corneado tivesse a ver com questões sociais. E, se é que tem, apenas na medida em que o maior prazer de um homem é comer a mulher do outro, corneá-lo, coisa que o cornudo aliás também sabe, e que lhe dói tanto, como dói. É o que mais dói.

É uma questão de potência, no fundo, vontade de potência. Ou vontade de poder, pouco importa, dá no mesmo. E pra minha cara, pelo menos, ninguém vai apontar o dedo assim no mais, me chamando de impotente. Nananinanão, como dizem. E ainda ficar com a minha casa, a casa da minha família, a propriedade ancestral dos Nimrod. Com a metade da casa, é verdade, mas uma casa que era minha, que era minha há gerações, que era só minha, mais minha do que qualquer outra coisa, mais minha do que eu mesmo era meu, enquanto a vagabunda ficava me corneando. E tinha de ser logo com um advogado!

E o bobalhão do sr. Schmidt ainda queria fugir pro Canadá com a mulher dele, como se não tivesse acontecido nada.

## 14

Sexta-feira o sr. Schmidt emendou direto.

Mais uma vez, foi como se não existisse intervalo, dessa feita entre a última sessão e a de hoje.

Ele deitou e já foi dizendo que não parou em nenhuma esquina como no filme, que não viu distrito policial nenhum, mas que estava decidido a levar a esposa junto pro Brasil, começar tudo de novo. E que ela aceitara, e que os dois tinham chorado muito, escondidos no escuro do cinema, os dois, e que depois continuaram chorando juntos no carro. E então aquele baque na traseira do carro. Sim, ele reconhecera de cara o turco que saiu do calhambeque. O turco. Tinha sido o turco, então. Esses turcos são todos iguais, cabelo lambido, metidos a não querer mais, assobiando pras mulheres da gente, na rua. Então foi por isso que ela não quis dizer nada, por isso. Sim, aquele turco só podia ser o mesmo com quem ela pintara aquele quadro a quatro mãos, protestando contra a política de integração praticada na Alemanha. Não sei por que ela se metia nessas coisas. Tinha sido assim desde o início, quando decidira alugar o ateliê com o turco. E depois pintar um quadro com ele, ainda por cima, a quatro mãos. Onde já se viu... E pensar que nem teria visto a obra se aquela revista de arte para a qual ele nunca dera bola não a tivesse publicado, com a fotinha sorridente dos dois autores ao lado. Por que decidira olhar justamente aquela edição? Fiasdaputa. Então era por isso. Por isso, por isso, por isso! Um turco, tinha de ser um turco, logo um turco! Só agora me dou conta de que o tal do Martinez, além de ser parecido com um pintor, também tem a maior cara de turco. O senhor não acha? A maior cara de turco! Não, ele não era racista, mas tinha que defender o dele, e o dele estava ameaçado, ora bolas. A gente sempre se volta contra os outros quando o nosso está ameaçado. E esses merdas vêm pra Alemanha e não se contentam em simplesmente ficar quietinhos no seu canto, trabalhando, que é bom. Por que a mulher se metera a fazer favores, alugando o ateliê com ele, e ainda por cima pintando com ele? Um favor, sim, um favor, nada mais que isso, um favor que ele pagava, sim, que o fiadaputa pagava com aquilo. Por que, ele só queria saber por quê? E o alemão disse que quando quis tirar a arma do turco, tudo aconteceu vertiginosamente. Que quando viu que o revólver estava apontado pra sua mulher, sua mulher, sim, sua mulher, sua mulher e de mais ninguém, ele mesmo apertou o gatilho, que o turco largou o revólver estupefato e que foi fácil acabar com a raça dele. Ora, ora, três tiros foram pouco praquilo que o turco merecia. A perícia ainda levantara algumas questões, mas o turco era um turco e ele era um compatriota, e ademais cidadão respeitado, promovia o progresso da nação, dentro e fora da Alemanha. Mas como é que eu fui capaz de apertar o gatilho com a arma virada pra Ingrid? Eu vi mesmo que a arma estava virada pra Ingrid? Hoje eu tenho certeza, mais certeza do que nunca de que ela era o amor da minha vida. Será que fui mesmo eu que apertei o gatilho? Acho que não fui eu que apertei o gatilho. Deve ter sido o turco, foi o turco que apertou o gatilho. Sim, o turco. Eu não teria coragem, não teria coragem de apertar o gatilho, de ver o rosto dela assim na minha frente e simplesmente apertar o gatilho. Talvez até tivesse me passado pela cabeça apertar o gatilho, acontece um mundo no redemoinho de um instante como esse, mas com certeza não apertei o gatilho. Com certeza não apertei o gatilho. Vejo por hoje. Hoje eu não ia querer apertar o gatilho, não quero apertar o gatilho, não quero mais apertar o gatilho, nunca mais vou querer apertar o gatilho, e se é que apertei o gatilho naquele dia, hoje eu quero desapertar o gatilho, quero a Ingrid de volta. Ingrid, Ingrid, Ingrid... Ingrid! O turco pode muito bem ficar onde está, mas a minha Ingrid eu quero de volta, eu preciso dela, não consigo mais levar as coisas adiante, preciso da terra firme que ela sempre foi pra mim, não consigo dançar sozinho sobre essa areia movediça. Eu quero porque quero ela de volta. Quero não, preciso. Preciso, mesmo. Ingrid! Vou voltar pra Alemanha à procura dela. Sim, o jeito vai ser voltar pra Alemanha. Tão dizendo que eu preciso levantar uma empresa longe de casa, longe do meu país, é? Mas, meu Deus do céu, eu acho que matei minha mulher.

## 15

E depois o sr. Schmidt, Harald, sim o nome dele era Harald, Harald Schmidt, foi embora, isso há meia hora, mais ou menos. Se matou ou não sua mulher, eu não sei, mas deveria ter matado.

Me pagou os dois dias, hora cheia apesar de as consultas na maior parte das vezes durarem apenas meia hora, e ainda arredondou pra trezentos, no final das contas. Assim, valia a pena. Quando cheguei em casa, ao meu quarto, quero dizer, vi o bilhete do poeta dizendo que precisava falar comigo. E essa, agora? Se dirigindo a mim por bilhetes, depois de tanta intimidade? E o sr. Schmidt, com essa doidice de voltar pra Alemanha? Será que ele voltaria mesmo pra lá? Será que ele estava pensando em escolher o caminho bobo do distrito policial, já que não tinha mais a mulher pra fugir com ele?

E eu, como ficava?

Saí do quarto, espiei na casa, tudo escuro, ninguém à vista.

Vai ver o poeta me deixou o bilhete porque tinha de sair à noite, voltaria tarde e a coisa era urgente. Só pode ter sido isso, não preciso nem consultar uma cartomante pra saber. Só pode ter sido isso.

Entrei e liguei o computador.

E mais essa, agora?

Na proteção da tela, uma foto da madame.

Estranho. Bem estranho...

Ninguém a não ser eu mexia naquele computador velho. Será que ela estava me fazendo uma declaração de amor, a tola? Estava mesmo na hora de raspar o pé dali. Quando abri a caixa de correspondência, além de um e-mail perguntando se eu não queria traduzir o *Me-ti* de Bertolt Brecht, bem que o escritor louvara minhas qualidades àquele editor, outro dia, minha mulher perguntava se eu tinha recebido sua última cartinha. Acreditam que ela disse cartinha?

Digitei o endereço do google, consultei os horários da Viação Itapemirim, respondi o e-mail da minha mulher, sim, minha mulher, dizendo que me esperasse às onze horas da manhã na rodoviária de Curitiba, e me apressei pra chegar a tempo na rodoviária daqui e conseguir pegar o especial das vinte e duas horas, torcendo pra não estar lotado. É como diz o poeta: traduzir uma parte na outra parte, que é uma questão de vida ou morte, será arte? Se na Alemanha acontecem assaltos, no Brasil eles são ainda muito mais frequentes, e Curitiba nos últimos tempos subiu bastante nas estatísticas de violência. Depois volto pra Anharetã, se for o caso...

Jamais vou fundar uma empresa mesmo, muito menos fazer análise.

Concurso pra quê? Sou cachorro que caça sozinho...

E de cara aviso que não deu tempo nem de revisar isto daqui, e que se houver alguma falha estrutural ela deve ser creditada à pressa, ainda que eu seja minucioso, bem minucioso.

Aos tradutores eventuais, permito desde já a correção de alguma inverossimilhança e a adequação de algum trecho. Tomem o poder! Ele é vosso! Escrevi as últimas páginas de uma sentada, agora mesmo, sentindo de repente uma necessidade mórbida e pra mim estranha de confessar, sim, de confessar. É como se eu já estivesse no final da vida, por assim dizer, e a prata dos cabelos obrigasse ao ouro peneirado das recordações.

Mas que nada.

Já gastei todas as minhas balas e agora só me interessa a sentença. O ponto derradeiro não tarda.

Por via das dúvidas, apaguei todos os meus rastros no quarto e estou trabalhando com minhas luvas. Nunca ando sem elas. Este mundo está tão sujo e eu quero distância, evitar contato. A cara de estranheza das pessoas diante do vermelho da pelica é o que menos me importa. Acho que em mais ou menos três minutos vou estar com a mão no trinco, batendo a porta atrás de mim. Faltam só umas duas linhas, a impressora já está ligada e o envelope pronto.

Mas não me vou sem deixar a todos vocês e sobretudo ao poeta o último presente da minha criação. Ainda que nem de longe eu tenha contado apenas a história dele, ainda que mais que tudo eu tenha contado minha própria história, da qual ele meramente fez parte, e só por isso aparece, quero só ver se ele vai ter coragem de cacarejar de novo publicando o meu por aí e capitalizando a glória pelos ovos que eu botei.

Quero só ver...

# EPÍLOGO

As boleadeiras rodaram, rodaram, rodaram...

Derrubaram...

Botaram no curral de um livro os novilhos mais xucros da recordação, envencilhando-os no pretérito pra arrastá-los ao presente, onde embarcaram no contexto e jazeram aos olhos do curioso, imobilizados na grama destas páginas.

Voltei, voltei cada vez mais longe, em saltos sempre maiores.

O passado que se foi, retornou aqui e ali virando agora, e o futuro não existe, ainda. Nunca existiu. Pelo menos pra mim, nunca existiu. O caminho ao dia seguinte tem sempre uma possibilidade fatal no meio, pronta a solicitar embarque. Engoli as léguas do tempo traduzindo, ainda traduzindo, sempre traduzindo lembrança em letra ao olhar para as campinas verdejantes da janela ancestral à qual me apoio, queixo sobre o parapeito, uma lágrima bailando no canto do olho, enquanto a casa-grande da alma explode numa cacofonia infernal, tantos são os silêncios que tomaram conta dela.

Tudo que jamais foi contado, que nunca foi escrito, permanece tão vivo dentro da gente! Volta como se tivesse acontecido ainda há pouco, em todos os detalhes...

Que passado é esse, que não passa?

Sempre me alcança?

E me ultrapassa...

Assim que acordo da fanfarronice ainda recente e ao mesmo tempo tão distante dos vinte e poucos anos, que se seguiram aos quarenta, aos trinta e poucos e vivi como se tivessem sido ontem terminando uma linguiça que enchi com a carne vermelha do outrora e os temperos colhidos ora mesmo, me dou conta que por raiva já há muito pensava em voltar às águas cristalinas da minha vertente, mesmo ameaçando tantas vezes que jamais botaria os pés por aqui de novo, depois. E agora, eis que agora já cheguei há muito, e voltei por desgosto, amargura e falta do que fazer. Longe da juventude, nada construí, não chamei a atenção do mundo e só confundi a mim mesmo. Sobrei matungo velho e sem dono, e pouco me resta nessa vida, apesar da concretude pretensamente realista, mas no fundo mistificante, de algum plano.

Aleijado por fora e por dentro, pelo menos posso levar flores toda semana ao túmulo da minha mãe, e evitar que o inço que tomou conta do chão sagrado em que repousam seus restos enquanto estive fora volte a tomar as rédeas na mão.

As boleadeiras...

Manica na direita, afago com os dedos nus, desnudos, da esquerda, as sogas que prendem as bolas. Num carinho longo, chego enfim ao retovo macio do couro espesso, por fora, sentindo o peso das pedras por dentro.

É assim, a vida!

Quanto mais a gente pensa que tem de endurecer na casca, mais empedernido acaba na alma e, longe de se proteger da dor, acaba se machucando ainda mais. Escrever é uma maneira de abrir caminho quando a estrada termina e tudo fica escuro diante dos olhos, mas mesmo no final da linha há sempre uma margem, no final da página um buraco, no final da obra um muro que faz tudo parecer vão, baldo, malogrado. E o pior de tudo é descobrir que, em vez de encher de ânimo um punhado de personagens, minha vida se esvaiu aos poucos, corroída pelo ácido fatídico da arte.

Olho para a minguante de maio brilhando no crepúsculo, o vento choraminga na janela e sinto o castigo do inverno que vem. O canto dos grilos já nem soa mais, e cada ruído serve apenas pra garantir o poder do silêncio que impera à minha volta, que tomou conta do meu interior...

Como dói continuar sentindo a maçaneta na mão depois de ter deixado a porta pra trás há tanto tempo. E o passado me agarrando, me tolhendo, me condenando... Sei que o objeto útil do pampiano em minhas mãos também pode se transformar numa arma fatal, ancestral, anterior ao fogo que mata da calibre 12 em cima da mesa, com seus dois olhos vazados e negros apontando pra mim.

Me encolho no poncho e golpeio um trago de canha, tiritando por causa do frio que me ataca por dentro, fazendo o silêncio doer até a garganta. E sei muito bem, também, tão bem, que, se as boleadeiras rodarem mais uma vez, vou acabar eu mesmo pendurado na forquilha grossa do plátano debaixo do qual enterraram o cordão do meu umbigo.

# AGRADECIMENTO

O autor agradece ao Literarisches Colloquium Berlin, LCB, pela acolhida aconchegante e pela bolsa valiosa, que lhe deu condições de esboçar o projeto e principiar a escritura do presente livro às margens belamente hibernais do Wannsee, em Berlim, em janeiro e fevereiro de 2008.

# SOBRE O AUTOR

Marcelo Backes é escritor, professor, tradutor e crítico literário. Mestre em Literatura Brasileira pela Universidade Federal do Rio Grande do Sul, doutorou-se aos trinta anos em Germanística e Romanística pela Universidade de Freiburg.

Natural do interior de Campina das Missões, na hinterlândia gaúcha, Backes supervisionou a edição das obras de Karl Marx e Friedrich Engels pela Boitempo Editorial e colabora em diversos jornais e revistas no Brasil e da Alemanha. Backes já conferenciou nas Universidades de Viena, de Hamburgo e de Freiburg, em Berlim, Frankfurt e Leipzig, no Rio de Janeiro, em São Paulo, Fortaleza e Porto Alegre, entre outras cidades, debatendo temas das literaturas alemã e brasileira, da crítica literária e da tradução.

Backes é autor de *A arte do combate* (Boitempo Editorial, 2003) – uma espécie de história da literatura alemã focalizada na briga, no debate, no acinte e na sátira literária –, prefaciou e organizou vários livros e traduziu, na maior parte das vezes em edições comentadas, diversos clássicos alemães, entre eles obras de Goethe, Schiller, Heine, Marx, Kafka, Arthur Schnitzler e Bertolt Brecht; ultimamente, vem se ocupando também da literatura alemã contemporânea, e de autores como Ingo Schulze, Juli Zeh e Saša Stanišic, entre outros, que ele não apenas traduz, mas inclusive apresenta a editoras brasileiras, e depois prefacia e comenta em ensaios e aulas.

Entre 2003 e 2005, Marcelo Backes foi professor na Albert-Ludwigs-Universität em Freiburg, onde lecionou Teoria da Tradução e Literatura Brasileira. Atualmente leciona em instituições de excelência como a Casa do Saber, dando cursos livres e fazendo curadorias literárias.

Sua tese de doutorado, sobre o poeta alemão Heinrich Heine (*Lazarus über sich selbst: Heinrich Heine als Essayist in Versen*), foi publicada em 2004, na Alemanha. Em 2006, Backes publicou *Estilhaços* (Editora Record), uma coletânea de aforismos e epigramas, sua terceira obra individual e sua primeira aventura no âmbito da ficção. Em 2007 publicou o romance *maisquememória* (Editora Record), no qual adentra livremente o terreno antigo da narrativa de viagens, renovando-a com um tom picaresco de recorte ácido e vezo contemporâneo. O romance teve seus direitos comprados na República Tcheca pela prestigiosa editora Mladà Fronta. Backes também já foi publicado na França (ensaio), na Alemanha (tese e textos) e na Espanha (poema).

Desde 2010, organiza, para a editora Record, As Grandes Obras de Arthur Schnitzler, e, para a Civilização Brasileira, a coleção de clássicos Fanfarrões, Libertinas & Outros Heróis.

No mesmo ano de 2010 foi Translator in Residence da Academia Europeia de Tradutores, a representação diplomática da entidade, por três meses, e ganhou uma bolsa de escritor, também de três meses, da Akademie der Künste de Berlim, uma das casas mais importantes do mundo do gênero.

Este livro foi composto na tipologia
Electra LH Regular, em corpo 11/16, e impresso
em papel off-white 90g/m² no Sistema Cameron
da Divisão Gráfica da Distribuidora Record.